DISCARD

MORT BLANCHE

LANGUAGES, LIT/FICTION DIVISION
HAMILTON PUBLIC LIBRARY
55 YORK BLVD.
HAMILTON, ONTARIO
L8R 3K1

DANS LA MÊME SÉRIE

Portée disparue
Le Phénix
Le Dragon rouge
Mort blanche

© 2005, Éditions Milan, pour le texte et l'illustration
300, rue Léon-Joulin, 31101 Toulouse Cedex 9, France
Loi 49-956 du 16 juillet 1949
Sur les publications destinées à la jeunesse
ISBN : 2-7459-1814-1
www.editionsmilan.com

CAROLINE TERRÉE

CSU
CRIME SUPPORT UNIT
MORT BLANCHE

PROLOGUE

J'entends sa voix. Je comprends ce qu'il me dit. Mais je ne peux pas lui répondre.

Je sens les attaches en Velcro me plaquer contre la planche dorsale, immobiliser mon corps dans la coque en plastique ; les deux gros blocs de mousse collés contre mes tempes réduisant mon champ de vision au minimum.

Quelques millimètres à peine sur la droite.

Quelques millimètres à peine sur la gauche.

Et pour compléter le tout, une vue parfaite du plafond de la cabine de l'hélico.

Totalement inutile.

Je ferme les yeux pour visualiser autre chose que cette surface grise sans le moindre relief et immédiatement, j'entends Andy me rappeler à l'ordre.

« Sarah, ne ferme pas les yeux... Reste avec nous... On y est presque... »

Je sais qu'il a raison mais la tentation est trop forte et je laisse la première image que mon cerveau peut trouver s'imprimer derrière mes paupières fermées.

Peter, souriant au bord d'un lac dans les Rocheuses ; Tess plantée fièrement dans un sac à dos pour bébé, sanglé sur ses épaules. Bras enlacés autour du cou de son père. Premières dents de lait qui pointent. Prête à célébrer avec nous ses dix-huit mois en pleine montagne.

« Sarah... S'il te plaît... Ne laisse pas tomber... Pas maintenant... Ouvre les yeux... »

Je sens la main d'Andy serrer fort la mienne, et en entendant la panique qu'il y a dans sa voix, je me force à ouvrir les yeux. À contrecœur. Pour me retrouver de nouveau face à ce maudit plafond gris.

J'entends des grésillements de radio en bruit de fond et je sens l'appareil se mettre progressivement en phase d'approche. Je sais que Mike et Dan peuvent déjà apercevoir les lumières de Vancouver dans l'encadrement de leur pare-brise et je me demande si c'est quelque chose que je reverrai jamais.

De l'air. Du sol.

Ou si je vais passer le reste de ma vie allongée sur un lit d'hôpital, plus ou moins consciente des gens et des choses qui m'entourent.

Ou pire.

Une nouvelle vague de nausée remplit le minuscule champ de vision qu'il me reste de petites taches noires... Et je n'ai soudain plus qu'une seule envie : refermer les yeux et passer ce qui sera peut-être mes dernières minutes sur cette planète avec les deux êtres qui comptent le plus pour moi. Dans ma tête. En repensant à des moments heureux qu'on a passés ensemble.

Comme avant. Avant que mon corps ne vienne s'écraser contre une paroi rocheuse dans un bruit d'os et de cartilages qui explosent.

1.

JEUDI 14 NOVEMBRE

MAISON DE KATE KOVACS
3042 MARINE DRIVE
19:28

Je claque la portière de la voiture et je remonte au maximum le col de ma veste. Surprise par les rafales de vent glaciales qui balaient le jardin – en complet contraste avec l'environnement confortable de l'habitacle de la Volvo que je viens de quitter.

Je monte les marches de la maison quatre à quatre, impatiente de pouvoir prendre une douche brûlante et manger mon premier repas chaud de la journée, quand j'entends soudain mon portable se mettre à sonner.

– OK… OK…

J'ouvre le combiné tout en enfonçant la clé dans la serrure, mes doigts engourdis de froid luttant pour arriver à coordonner les deux gestes en même temps.

– Agent Kovacs.

– Kate, c'est Keefe.

– Donne-moi deux secondes.

Je m'engouffre dans la maison en claquant vite la porte derrière moi ; des mèches de cheveux plein les yeux.

– C'est bon, vas-y…
– T'es sûre ?
– Oui. Je viens juste de rentrer.

Je pose mon sac et mes clés sur la table de l'entrée et je traverse le salon.

– Tu as écouté les infos sur la route ?
– Non, pourquoi ? Qu'est-ce qui s'est passé ?

Je me colle vite contre l'un des radiateurs de la pièce et je ferme les yeux pour bien me concentrer sur ce qu'il est sur le point de me dire.

– Il vient d'y avoir un accident à Whistler. Une mission de sauvetage en hélicoptère qui a mal tourné avec un blessé grave à la clé… L'un des secouristes qui essayait d'hélitreuiller trois jeunes skieurs bloqués en pleine montagne… Selon les informations que j'ai réussi à rassembler pour l'instant, la victime serait un médecin, Dr Sarah McKinley, 32 ans. Elle était suspendue à l'hélicoptère par un câble le long d'une paroi rocheuse quand l'appareil a apparemment été pris dans de violentes turbulences. Son corps aurait heurté la paroi de plein fouet… À plusieurs reprises…

Je frissonne des pieds à la tête et je me plaque encore plus contre le radiateur. Même si je sais que cette réaction physique n'a rien à voir avec la température ambiante.

– Elle est dans quel état ?
– Je ne sais pas. La déclaration officielle qui a été donnée à la presse parle d'un « état critique mais stable ».

Ce qui peut vouloir dire à peu près tout et n'importe quoi... La seule chose dont je suis sûr pour l'instant, c'est qu'elle a été transférée à Vancouver, au St Paul's Hospital.

– C'est bien nous qui avons l'enquête ?

– Oui. En tout cas, une partie de l'enquête. L'équipage de l'hélicoptère était mixte. Le pilote et le copilote sont tous les deux des officiers de l'Armée de l'air canadienne et la quatrième personne à bord est un secouriste civil spécialisé en médecine d'urgence comme la victime. C'est pour ça qu'on a été appelés. L'AAC[1] va assurer la partie militaire de l'enquête – erreur possible de pilotage, problèmes mécaniques liés à l'appareil, etc. – et c'est à nous d'établir si le comportement et les décisions des deux civils à bord de l'appareil, et/ou des trois skieurs au sol, ont contribué en quoi que ce soit aux causes de l'accident. Les responsables de Whistler ont apparemment insisté pour que, et je cite, la « meilleure » unité du VPD soit envoyée sur les lieux. En lisant entre les lignes, je dirais qu'ils doivent flipper à mort pour l'image de marque de leur station...

Comme si un blessé grave n'était pas une raison suffisante pour qu'on lance une enquête aussi poussée que possible.

– Qu'est-ce qu'on sait sur les trois skieurs ?

– Presque rien. Juste qu'ils étaient à Whistler pour une dizaine de jours de vacances et qu'ils seraient tous les trois originaires de Seattle, aux États-Unis.

---

1. Armée de l'air canadienne.

– Ils sont toujours à Whistler ?
– Oui. Ils ont été évacués par voie terrestre par une autre patrouille de secouristes environ une heure après la tentative d'hélitreuillage ratée. Et ils sont tous les trois indemnes.
– Ils n'ont absolument rien ?
– Que dalle. Pas une égratignure. L'un d'entre eux souffrait d'hypothermie relativement avancée mais c'est tout. Par mesure de précaution, ils vont tous les trois passer la nuit en observation au centre médical de Whistler et on devrait pouvoir les interroger demain matin à la première heure.

Je regarde ma montre – 19:37 – et j'essaie d'organiser les choses, en prenant bien en compte les deux heures de route qui séparent Vancouver et Whistler.

– Tu sais qui s'est occupé de la victime à son arrivée à l'hôpital ?
– Oui. C'est Petersen qui était de service. J'ai réussi à l'avoir deux secondes au téléphone juste avant de t'appeler et il m'a dit que tu pouvais passer le voir aux urgences dès que tu voulais.
– Il ne t'a rien dit d'autre ?
– Non. Il était speedé comme pas possible. Aux bruits qu'il y avait en arrière-fond, je dirais qu'il était encore en train de s'occuper de la secouriste quand je lui ai téléphoné. Tu veux que je le rappelle, pour avoir plus de détails ?
– Non. Je vais y aller direct. J'aimerais qu'on ait le maximum d'informations sur la victime avant de s'at-

taquer aux témoignages des différentes personnes impliquées dans l'accident.

– Tu veux qu'on parte tous les quatre à Whistler ce soir ?

– Pas forcément... Mais j'aimerais par contre qu'on y soit tous demain matin, vers les 8-9 heures. Vu l'heure, on ne pourra pas faire grand-chose ce soir. Vous pouvez donc partir demain à l'aube si vous préférez. C'est vous qui voyez...

– Tu vas y aller ce soir, toi ?

– Probablement. Quand j'aurai fini avec Petersen. Sauf si je suis vraiment trop crevée.

– Tu veux que je te réserve une chambre sur place, juste au cas où ?

– Oui. Appelle Nick et Connie pour les tenir au courant et laisse-moi un message pour me dire ce que vous avez décidé et où on peut se retrouver demain matin. Si tu pouvais aussi nous trouver un hôtel avec une ou plusieurs salles de réunion et t'assurer que les affaires des trois skieurs soient bien mises sous scellés jusqu'à notre arrivée, ce serait vraiment parfait.

– Je m'en occupe de suite.

– Merci.

Je m'apprête à raccrocher quand j'entends de nouveau sa voix.

– Kate ?

– Oui ?

– Si jamais tu décidais de partir ce soir, fais gaffe sur la route. Ce n'est pas exactement la meilleure soirée pour se taper la Sea-to-Sky toute seule en pleine nuit et je n'aimerais pas te voir à la une des infos demain matin.

– Promis. Je ferai mon possible.

Je raccroche et je vais dans la cuisine pour essayer d'avaler quelque chose le plus vite possible avant de reprendre la route.

J'ouvre le frigo et devant le choix qu'il m'offre – petites bouteilles d'eau d'Evian, canettes de Coca, litre de jus d'orange et une demi-douzaine d'œufs –, je me fais vite une omelette tout en rassemblant quelques affaires au cas où je décide de partir directement de l'hôpital ce soir.

Puis je retourne au centre-ville en profitant de la demi-heure de trajet pour me préparer autant que possible à ce qui m'attend dans les prochaines heures.

À l'hôpital.

Sur la route.

Et à Whistler.

2.

ST PAUL'S HOSPITAL
1081 BURRARD STREET
20:37

– J'imagine que tu veux un compte rendu détaillé des blessures dont souffre Sarah McKinley, c'est bien ça ?
– Oui. Si tu peux. Si tu as le temps.
– Pas de problème.

Petersen attrape un des dossiers posés sur son bureau et l'ouvre distraitement en gardant les yeux fixés sur moi.

– Vous pensez que ce qui lui est arrivé n'est pas un accident ?
– Je ne sais pas. On n'a pour l'instant que très peu de détails. C'est pour cela que j'aimerais avoir un maximum d'informations sur son état de santé avant d'aller à Whistler.

Il secoue la tête et éteint les néons du plafond en soupirant, avant d'accrocher une série de clichés radiographiques sur l'un des murs de la pièce.

– Parce qu'entre nous, si jamais ce qui lui est arrivé est la faute de quelqu'un, j'espère que la personne en question aura du mal à dormir pendant un bon moment...

Il allume les panneaux de Plexiglas et quand la lumière se glisse enfin à travers la fine couche plastique des radios de Sarah McKinley, je ne peux m'empêcher de soupirer à mon tour. Parce que ce qu'il y a maintenant devant moi montre de façon irréfutable la colonne vertébrale de quelqu'un qui ne remarchera jamais.

– OK...

Sven se plante devant le premier cliché : une vue d'ensemble de la colonne vertébrale de Sarah McKinley sur laquelle une fracture lombaire est clairement visible.

– J'imagine que tu sais déjà ce que je vais dire ?

Je hoche la tête pour lui répondre, les mots soudain coincés au fond de ma gorge.

– Sarah McKinley souffre d'une double fracture lombaire avec déplacement de vertèbres. La vertèbre L4 a littéralement explosé sous le choc qu'elle a reçu et les L2 et L3 ont glissé latéralement pour compenser, sectionnant la moelle épinière, probablement sur le coup. Avec une fracture de ce type, à ce niveau, on parle bien sûr de paraplégie totale, sans aucune sensation ou mouvement possible dans les membres inférieurs, mais avec la possibilité d'avoir des terminaisons nerveuses encore valides à partir des hanches. Dans l'univers des blessures de la moelle épinière, c'est loin d'être le pire des cas. Même si le patient n'a aucune chance de pouvoir remarcher un jour, il garde le contrôle de la partie supérieure de son corps – bras, mains, système respiratoire, muscles abdominaux, etc. –, ce qui limite sérieusement les risques de complications et permet une qualité de vie bien supérieure à celle d'un paraplégique souffrant d'une fracture à un niveau plus élevé. Tout étant bien sûr relatif, surtout quand on parle de quelqu'un qui a dû passer une bonne partie de sa vie à faire des activités physiques extrêmes, pour son métier et probablement aussi pour son plaisir.

Il me laisse quelques instants pour bien enregistrer les informations affichées en face de moi. Les différents clichés offrant des vues plus ou moins détaillées des trois vertèbres en question.

Et alors que je commence à sentir un mélange de colère et de dégoût monter en moi devant un tel gâchis, Sven décroche la série de clichés radiographiques et la remplace par une série de planches IRM représentant différentes vues de cerveau humain prises en coupe.

– Malheureusement, la fracture lombaire, et tout ce qu'elle implique, n'est pas en ce moment le principal problème de Sarah McKinley…

Je laisse mon regard glisser d'image en image en essayant de les examiner comme si elles appartenaient à un patient fictif, et non pas à une jeune femme de 32 ans qui a déjà perdu le contrôle de la moitié de son corps. Mais malgré tous mes efforts, j'ai le plus grand mal à cacher mes émotions.

– Elle a aussi un traumatisme crânien ?
– Oui. Elle est dans le coma depuis plusieurs heures.
– Elle ne portait pas de casque ?
– Si, elle en avait un. Ce qui te donne une bonne indication de la violence du choc qu'elle a reçu. Sans casque, elle serait probablement morte sur le coup.

Je reste sans voix.

Les secouristes d'unités aériennes n'utilisent pas n'importe quels casques. Ils utilisent des casques en Kevlar, spécialement conçus pour les protéger dans des situations extrêmes : crash, chutes, impacts contre différents types de surfaces…

– Tu vois cette zone ? Juste là ?

Sven pose son index sur l'un des clichés. Sur la partie gauche du cerveau de Sarah McKinley.

– C'est la zone d'impact ?
– Oui. On l'a étudiée millimètre par millimètre et la seule chose qu'on ait trouvée est une fracture linéaire de l'os frontal, juste au-dessous de la ligne temporale.

Je suis du regard la fine ligne blanche qu'il me montre.

– Aucun enfoncement… Aucune lésion cérébrale ouverte… Ce qui est plutôt bon signe… Avec un peu de chance, le coma dans lequel elle se trouve actuellement n'est qu'une réaction d'autopréservation naturelle du cerveau et elle ne souffrira d'aucune séquelle physique et/ou mentale à son réveil – ou seulement de façon temporaire. Dans le pire des cas, par contre, elle risque d'être sérieusement handicapée par cette blessure, en plus de celle de la colonne vertébrale... Ou de ne jamais reprendre connaissance...

– Vous pensez que c'est essentiellement l'hémisphère gauche de son cerveau qui a été touché ?

– Autant qu'on puisse en être sûr à ce stade, oui.

– On parle donc de problèmes possibles touchant l'expression verbale, le comportement, la personnalité, les émotions, la concentration...

– Oui. Même si, encore une fois, je suis plutôt optimiste de ce côté-là. En raison du type de fracture et du fait qu'elle portait un casque spécialement étudié pour ce genre de choc, je dirais qu'elle a 60-70 % de chances de s'en sortir indemne de ce côté-là. Si elle reprend bien sûr connaissance...

– Elle en est à combien sur l'échelle de Glasgow ?

Il se replonge dans le dossier médical et je retiens mon souffle en attendant sa réponse.

Sur l'échelle en question qui permet de quantifier la gravité d'un état comateux, un score de 15, le maximum, indique que tout va bien ; un score inférieur à 7 que le patient ne peut pas respirer par ses propres moyens et doit être intubé ; et un score inférieur à 3 qu'il passera probablement le reste de sa vie dans un état végétatif.

– Elle était à 12 en arrivant ici... À 6 il y a environ une heure...

J'attrape la feuille qu'il me tend et je regarde le tableau imprimé dessus. Une série de cases cochées à des niveaux différents qui décrivent de la façon la plus froide possible le degré de conscience d'un être humain.

– Tu en penses quoi ? Je veux dire, *réellement* ?

Je lui rends la feuille qu'il regarde à son tour longuement, comme pour gagner quelques secondes avant d'avoir à me répondre.

– Honnêtement... Je ne sais pas... Tout au fond de moi, je pense qu'elle va sortir du coma dans les heures ou dans les jours qui viennent sans la moindre séquelle, ou avec des séquelles minimales, temporaires, et qu'on pourra la transférer au plus vite dans un service de neurologie spécialisé. Mais je ne sais pas si c'est vraiment un pronostic objectif ou une sorte de souhait un peu irrationnel...

Il se masse la base du cou en grimaçant de fatigue et s'adosse contre le mur de la pièce avant de continuer. Les cernes qu'il a sous les yeux accentués par la lumière blanche des panneaux de Plexiglas.

– C'est bizarre comme tu peux traiter des dizaines de patients à la suite sans être même capable de te souvenir de leurs noms ou de leurs visages, et soudain t'arrêter sur l'un d'entre eux et réaliser la tragédie humaine que ses blessures représentent... Et Sarah McKinley fait définitivement partie de cette deuxième catégorie... Je ne sais pas pourquoi... Peut-être parce qu'elle était encore consciente quand elle est arrivée ici, parce qu'elle savait exactement ce qui était en train de lui arriver... Parce qu'elle était médecin, comme nous...

Je fixe vite un point dans l'espace pour ne pas perdre le peu de détachement professionnel qu'il me reste, et je le laisse finir.

— Je ne sais pas si c'est la même chose pour vous, mais même si je sais logiquement que chaque vie humaine devrait avoir la même importance à mes yeux, il y a des cas où je ne peux pas m'empêcher de réagir différemment... Comme devant un conducteur ivre qui a tué plusieurs personnes dans un accident ou face à quelqu'un de grièvement blessé en essayant d'aider son prochain...

Je me force à lui répondre.

— Oui... C'est pareil pour nous. Sauf qu'on a rarement comme vous l'opportunité de sauver qui que ce soit... On arrive généralement beaucoup trop tard...

Je profite de la petite pause qui suit pour regarder ma montre. Un geste que remarque aussitôt Sven.

— Tu dois y aller ?

— Oui. J'aimerais essayer de partir à Whistler ce soir avant qu'il ne soit trop tard.

Je lui tends ma carte.

— Tu peux m'appeler s'il y a du nouveau ? Quelle que soit l'heure ?

— Pas de problème. Mais son état devrait rester stable pendant les heures qui viennent et il ne devrait pas y avoir de changement avant demain matin. Au plus tôt.

— OK. Et merci pour tout. Je sais à quel point ton temps est précieux.

– De rien. Et si tu as du nouveau, tiens-moi aussi au courant.

– Je n'y manquerai pas.

Je lui serre la main et je lui pose une dernière question juste avant de sortir de la pièce.

– Au fait, j'aimerais passer la voir avant de prendre la route... Tu n'y vois pas d'objection ?

– Non. Aucune. Elle est en salle de soins intensifs. Dernier lit au fond à droite. Montre juste ta plaque aux infirmières de service et si jamais il y a le moindre problème, dis-leur de m'appeler pour que je confirme qui tu es. Je suis de garde jusqu'à demain midi.

Je jette un dernier coup d'œil sur la série de clichés encore accrochés devant moi, en réalisant soudain que je viens d'observer dans ses moindres détails la partie la plus secrète du corps d'une personne, sans même savoir à quoi ressemble son visage.

3.

ST PAUL'S HOSPITAL
1081 BURRARD STREET
21:22

J'entre dans la salle de soins intensifs comme on pénètre dans un autre univers. En laissant derrière moi le monde des vivants pour entrer dans cette espèce de sas rempli de vies en suspens et de bouffées d'air artificielles. Le seul endroit que je connaisse qui permette de sentir physiquement la fine ligne qui existe entre vie et mort.

Je m'avance entre les deux rangées de lits séparés entre eux par une série de rideaux tirés, incapable de discerner beaucoup plus que de vagues silhouettes dans chaque enclave ainsi formée ; mes yeux luttant pour s'adapter à la lumière de bas voltage qui baigne la pièce dans une sorte de pénombre teintée de bleu.

J'essaie de garder les yeux fixés sur le lit du fond et de ne pas penser à chaque personne que j'ignore au passage. Perdue dans son propre monde… Luttant contre son propre corps… Peut-être capable d'entendre tout ce qui se passe autour d'elle – mes pas, ma respiration, le bruit des machines qui l'entourent – sans rien pouvoir faire d'autre que de rester parfaitement immobile. Dans le coma. Sous l'effet de puissants anesthésiques. Ou tout simplement à l'aube de la mort.

Je m'avance vers le dernier rideau tiré tout au fond de la pièce et alors que je ne suis plus qu'à quelques mètres de Sarah McKinley, je m'arrête net. Persuadée d'avoir entendu des voix qui ne devraient pas être là… Des paroles qui se seraient glissées par erreur dans la mauvaise pièce.

Et quand je comprends enfin ce qui m'attend de l'autre côté du rideau tiré, je sens les paumes de mes mains devenir moites. Parce que contrairement à toutes les personnes devant lesquelles je viens de passer, Sarah McKinley n'est pas seule.

Il y a deux personnes à son chevet.

Je ferme les yeux et je me concentre sur les chuchotements, à peine audibles à quelques centimètres de moi.

– Tu es sûr qu'elle nous entend ?

Une voix de petite fille.

– Promis. Elle peut entendre tout ce qu'on lui dit mais elle ne peut pas nous répondre. C'est tout.

Une voix d'homme.

– Tu penses qu'elle va rester endormie comme ça pendant encore longtemps ?

– Je ne sais pas… Mais tu connais Maman. Elle déteste rester sans rien faire pendant trop longtemps.

Je rassemble assez de courage pour faire un pas sur la gauche, tout en restant bien à l'abri dans la pénombre, et pouvoir enfin les voir.

La petite fille doit avoir dans les 6-7 ans. Longs cheveux noirs attachés en couettes. Yeux vert clair. Un petit ourson en peluche qui dépasse de la poche ventrale d'une salopette rose comme un bébé kangourou.

L'homme dans les 30-35 ans. 1,80 m. Lunettes rondes. Vêtements mi-ville mi-montagne qui lui donnent un air à la fois sophistiqué et athlétique.

Et devant eux, la silhouette de Sarah McKinley. Un tube en plastique glissé entre les lèvres. Des électrodes posées sur le front et la poitrine. Une perfusion plantée dans le dos de la main gauche.

– Tu lui as dit pour ma dent ?

La petite fille lève les yeux et attend la réponse de son père. La différence de taille entre eux deux désarmante ; touchante.

– Oui. Mais tu peux lui faire entendre le bruit qu'elle fait si tu veux.

– C'est vrai, je peux ?

– Oui. Mais fais bien attention à ne toucher à rien quand tu seras près d'elle. Promis ?

– Promis.

L'homme attrape la petite fille dans ses bras et la soulève pour l'aider à placer le petit tube en plastique qu'elle tient entre les mains à quelques millimètres à peine de l'oreille de sa mère.

– Vas-y… C'est bon… Dis-lui ce que tu vas faire…

La petite fille se met à secouer le tube en plastique, un grand sourire sur le visage.

– Tu entends ça ?

Une minuscule dent de lait se met à faire le yoyo à l'intérieur du tube.

– C'est la première dent que j'ai réussi à me faire tomber toute seule ! Comme une grande. Sans l'aide de personne ! Cool, non ?

Le respirateur continue à gonfler et à dégonfler la poitrine de sa mère en guise de réponse et, dans le silence qui suit, je peux voir la déception sur le visage de la petite fille. Quelque chose que l'homme remarque aussi immédiatement.

– Excellent ! Bien joué, princesse. Je suis sûr que Maman est hyper fière de toi.

Il repose la petite fille sur le sol et la serre très fort dans ses bras.

– Tu sais ce qu'on va faire maintenant ?

– Non.

La petite fille est maintenant au bord des larmes.

– On va rentrer chez Papy et Mamie et on va laisser Maman se reposer un peu. Comme ça, elle aura peut-être plus la forme quand on reviendra la voir demain ? Qu'est-ce que tu en penses ?

– Tu veux qu'on la laisse toute seule ici ?

– Non. Bien sûr que non. Tu te souviens de toutes les infirmières qu'il y a dehors ?

– Oui.

– Eh bien, c'est elles qui vont rester avec Maman jusqu'à ce qu'on revienne la voir demain matin.

– Ce n'est pas pareil.

– Je sais… Mais cela faisait partie de notre marché, tu te rappelles ? Tu as le droit de venir voir Maman avec moi à l'hôpital mais tu dois faire exactement ce que je te dis. Surtout quand on sait qu'à une heure pareille tu devrais déjà être…

– … Au lit. Je sais.

Il l'embrasse tendrement sur le front.

– OK ?

– OK.

Je profite de l'occasion pour m'avancer enfin vers eux.

– Bonsoir…

Ils se retournent tous les deux en même temps, comme deux gamins pris en faute.

– Heu… On est restés trop longtemps, c'est ça ? Désolé…

– Non, non… Ne vous inquiétez pas. Je ne travaille pas ici. Mon nom est Kate Kovacs… CSU…

L'homme comprend aussitôt qui je suis et me remercie d'avoir été la plus vague possible devant sa fille avec un long regard appuyé.

Puis je m'accroupis devant la petite fille.

– C'est ta maman ?

Elle hoche la tête.

– Oui.
– Tu sais que c'est une très très bonne idée de lui parler ?
– Vraiment ?
– Oui. Parce que même si elle ne peut pas te répondre, elle peut entendre absolument tout ce que tu lui dis.
– C'est vrai alors ?
– Oui. Vrai de vrai.
– C'est aussi ce que Papa m'a dit.

Je lui fais un grand sourire et alors que je me relève, je vois son père s'avancer vers moi.

– Désolé… Je ne me suis même pas présenté…

Il me serre la main.

– Peter McKinley. Je suis le mari de Sarah.

Il attrape de nouveau la petite fille dans ses bras.

– Et je vois que vous avez déjà fait la connaissance de Tess, notre fille.

Il y a un long silence pendant lequel le bruit des machines qui nous entourent semble plus marqué, impossible à ignorer. Un silence que j'essaie de briser le plus vite possible.

– Vous êtes là depuis longtemps ?
– Non. Une demi-heure… Trois quarts d'heure… J'ai dû faire un chantage pas possible aux infirmières pour avoir le droit de la voir. Je voulais absolument qu'on puisse lui parler tous les deux ce soir… Au cas où…

Il baisse les yeux.

– Vous savez ce que je veux dire…

Je sens le regard de Tess braqué sur nous et je change vite de sujet.

– Vous êtes venus de Whistler ?

– Oui. On habite tous les trois là-bas. J'ai un cabinet d'architecte à Whistler Creek et Sarah a décroché un poste au centre médical et dans la patrouille SAR juste après notre mariage. Je suis venu directement ici en voiture quand j'ai appris ce qui s'était passé…

– Vous avez un endroit où vous pouvez rester ce soir ?

– Oui. Chez mes parents. Ceux de Sarah habitent à Toronto. Ils devraient arriver demain matin à la première heure.

Je jette un coup d'œil vers son épouse et je remarque pour la première fois à quel point son visage ressemble à celui de la petite fille. Même déformé par l'immobilité et le tube du ventilateur qui lui écrase la lèvre inférieure.

Et en levant les yeux, je remarque aussi que les chiffres qui clignotent sur le moniteur placé juste en face de moi ne sont pas particulièrement bons…

– Vous savez ce qui lui est arrivé ? Je veux dire, en détail…

Je me retourne pour faire de nouveau face à Peter McKinley.

– Non. Pas encore. Je voulais juste passer la voir avant de partir à Whistler pour commencer à enquêter sur l'accident dont elle a été victime.

– Ce soir ?

Je regarde ma montre.

– Oui. Il va d'ailleurs falloir que j'y aille…

Je sais qu'il y a quelque chose que je devrais lui dire. Du genre : « Je suis vraiment désolée pour votre épouse… » ou « Elle a l'air d'être une battante, c'est important dans sa situation… ». Mais je n'ai pas le courage de lui asséner une banalité pareille. Parce que la vérité, c'est qu'à ce moment précis, l'existence de Sarah McKinley ne tient qu'à un fil, et que même si elle venait à sortir du coma, son quotidien et celui de sa famille ne seront plus jamais les mêmes.

4.

VENDREDI 15 NOVEMBRE

CRYSTAL LODGE
4154 VILLAGE GREEN
00:08

J'arrive à Whistler juste après minuit, la tête encore pleine d'images des deux heures de route que je viens de faire.

    Le ciel de nuit bleu marine perforé d'étoiles au-dessus du Howe Sound. Le bitume de la route dans les faisceaux des phares qui se tord de virage en virage. La neige qui apparaît au fil des kilomètres sur les bas-côtés. Et, du début jusqu'à la fin, cette atmosphère de fin de monde qu'il y a quand le vent souffle si fort qu'il arrive à faire baisser la tête à des sapins hauts comme des immeubles et à jeter tout ce qu'il trouve sur son passage sur le vôtre.

    Bourrasques de pluie.

    Feuilles mortes.

    Insectes épuisés.

    Sans le moindre respect pour les choses ou les êtres bien moins puissants que lui.

Je traverse le village de Whistler au ralenti et je me gare devant le Crystal Lodge en vérifiant une dernière fois sur l'écran de mon portable le numéro de la chambre que Keefe m'a réservée. La lumière bleue du petit rectangle étrange entre mes mains. De la même couleur que celle de la salle de soins intensifs dans laquelle j'ai laissé Sarah McKinley il y a quelques heures…

On part demain. Chambre réservée.
Crystal Lodge. 4154 Village Green. #103.
RV salle réunion 08:00. Keefe.

Je sors de la voiture et je récupère mes clés à la réception, puis je négocie une série de longs couloirs interrompus tous les dix mètres par de lourdes portes anti-feu pour arriver enfin à ma chambre – « vue sur la montagne, deuxième étage ».

J'entre dans la pièce et je pose mes affaires sur le lit avant de sortir sur le balcon pour regarder pendant un long moment le village de Whistler qui s'étend à mes pieds.

Toujours aussi artificiel.

Une série de restaurants et de boutiques reliés entre eux par une toile d'araignée de rues piétonnes, éclairées par des guirlandes de lumière qui leur donnent en permanence un air de soir de Noël… Un village qui semble avoir été construit dans un but bien précis : pouvoir être reproduit sans problème dans ces petites boules de verre que les touristes achètent en souvenir, et dans lesquelles on peut déclencher de violentes tempêtes de neige d'un simple geste de la main.

En complet contraste avec les montagnes qui le surplombent.

Majestueuses.

Mystérieuses.

Leurs sommets couverts de neige à peine visibles dans le lointain.

Je rentre dans la chambre et je referme la porte vitrée derrière moi sans tirer les rideaux – les lumières du village maintenant imprimées sur la surface en verre comme des motifs de vitrail. Puis je règle l'alarme de ma montre sur 07:30 et je m'allonge sur le lit pour essayer de trouver un semblant de paix intérieure avant de m'endormir.

5.

CRYSTAL LODGE
4154 VILLAGE GREEN
09:05

Je me sers une troisième tasse de café et je me rassois à la table de réunion. Les yeux des membres de mon équipe braqués sur moi.

– On peut faire un bilan de tout ce qu'on a jusqu'à présent ?

Ils réagissent tous les trois en se répartissant les différents dossiers sur lesquels on travaille depuis plus d'une heure sans échanger le moindre mot.

– Keefe ? Tu peux commencer par nous faire une description la plus précise possible de l'endroit où a eu lieu l'accident ?

– Sans problème.

Il se lève, attrape au passage l'un des quatre marqueurs posés sur la table – le vert, comme d'habitude – et se plante devant le grand tableau blanc de la pièce.

– La station de ski de Whistler est située au pied d'une chaîne de montagnes qui comprend deux principaux sommets.

Il dessine deux triangles posés côte à côte avec plusieurs dents de scie en arrière-plan.

– Quand on regarde les sommets du village de Whistler, il y a le mont Blackcomb sur la gauche, 2 440 mètres, et le mont Whistler sur la droite, 2 182 mètres. Le domaine skiable de Whistler s'étend sur plusieurs kilomètres, à cheval sur ces deux montagnes. Il est entouré d'une multitude de forêts, parois rocheuses et couloirs de neige qui sont officiellement interdits au public mais qui sont utilisés chaque jour par des dizaines de randonneurs et de skieurs hors piste. La plupart de ces zones ne sont pas à proprement parler « dangereuses » mais sont désignées comme telles parce que la station de Whistler ne les couvre en aucune façon. Elles ne sont ni damées, ni patrouillées, ni surveillées, et le risque d'avalanches et d'accidents y est de fait beaucoup plus élevé qu'au cœur même de la station. Légalement, la municipalité de Whistler se doit d'indiquer qu'il s'agit de zones dangereuses en plaçant des barrières de sécurité assorties de panneaux d'avertissement, mais c'est tout. Ce qui nous amène à la zone exacte où les trois skieurs ont été retrouvés hier après-midi : le versant ouest du mont Cheakamus.

Il place une croix près du sommet d'une des dents de scie qu'il a dessinée, sur la droite du mont Whistler, et trace une ligne pour s'attaquer à une version agrandie du secteur en question sur une autre partie du tableau.

— Le couloir ouest du mont Cheakamus est un endroit légendaire. Il s'agit non seulement d'un couloir parfait comme on en voit dans les films de ski extrême, mais aussi d'un endroit ouvertement dangereux. Au cours des cinq dernières années, trois personnes y ont trouvé la mort – deux dans une avalanche et la troisième dans une chute de pierres –, ce qui lui a valu le surnom de « Killer ».

Il dessine un long rectangle – le couloir – et plusieurs surfaces hachurées de chaque côté.

— Le problème, c'est que le Killer est entouré de plusieurs zones rocheuses parfois invisibles quand la couche de neige est très épaisse. Les skieurs se lancent de la corniche qui surplombe le couloir, le seul endroit qui permet d'y accéder à pied, et une fois dans le goulet, ils sont complètement livrés aux éléments. Si une avalanche vient à se déclencher, la seule porte de sortie se trouve à plusieurs centaines de mètres en aval, le long d'une plate-forme au pied d'une falaise. L'endroit que survolait l'hélico quand l'accident a eu lieu…

— On sait quel type d'avalanche s'est déclenché ?

Keefe me répond en dessinant un trait horizontal en haut du couloir.

— Une avalanche de plaque en profondeur. En gros, une plaque de neige de plusieurs dizaines de centimètres d'épaisseur qui se détache brusquement d'une paroi et qui se met à la dévaler à toute vitesse. Une avalanche, avec une force et un volume de neige particulièrement importants, qui tue un bon pourcentage des personnes qui se retrouvent prises dedans.

– On est sûr que les trois skieurs faisaient du hors-piste ?

– Sans le moindre doute. Ils étaient à plus d'un kilomètre à *l'extérieur* du domaine skiable, dans une zone clairement interdite au public.

– On sait si c'est eux qui ont appelé les secours ?

– Non. C'est un groupe de randonneurs sur le mont Whistler qui a déclenché l'alerte après avoir vu une fusée de détresse être tirée juste au-dessus du Cheakamus. Ils ont appelé le Search And Rescue de Whistler depuis un portable. D'autres skieurs et randonneurs ont eux aussi signalé la fusée aux services d'urgence de Whistler – mais pas les trois jeunes directement. Ce qui n'est guère surprenant, vu l'endroit où ils étaient… La zone du Killer n'étant probablement pas couverte par les réseaux téléphoniques de la région.

– OK. Merci.

Keefe se rassoit et je me tourne vers Nick.

– Qu'est-ce qu'on sait côté hélicoptère et équipage ?

Nick se lève et attrape un marqueur bleu pour compléter l'exposé de Keefe.

– L'appareil utilisé dans la mission de sauvetage d'hier est un CH-149, aussi connu sous le nom d'hélicoptère Cormoran. Flambant neuf. Sorti d'usine il y a moins d'un an. C'est un hélicoptère particulièrement bien adapté aux missions de sauvetage de haute montagne qui opère généralement avec un pilote, un copilote et deux ou trois secouristes et/ou médecins spécialisés à bord. Dans le cas de la mission d'hier, l'équipage comprenait quatre personnes.

Il dessine un rectangle dans lequel il se met à écrire les noms des quatre membres de l'équipage en question.

– La victime de l'accident, Dr Sarah McKinley, 32 ans, spécialisée en médecine d'urgence. Près de huit ans d'expérience de ce genre de missions. Entraînée de façon poussée aux techniques d'hélitreuillage et d'évacuation par voie aérienne. Au total, elle avait effectué plus de 60 sauvetages avec câble et civière avant l'accident d'hier... L'autre civil à bord s'appelle Andy Gutierrez, 28 ans, secouriste lui aussi spécialisé dans la médecine d'urgence, avec cependant beaucoup moins d'expérience que la victime. Il est parfaitement qualifié pour manœuvrer treuil et équipement à bord d'un hélicoptère, mais la mission d'hier n'était que sa douzième. Avant ça, il faisait partie d'une patrouille de secours traditionnelle. Localisation et traitement de victimes dont l'état ne nécessitait pas d'évacuation immédiate. Enfin, le pilote et le copilote sont tous les deux des officiers de l'Armée de l'air canadienne. Le pilote, lieutenant Mike Savage, 44 ans, a plus de 2 000 heures de vol à son compte. C'est un pilote expérimenté, basé à Whistler depuis plus de dix ans, qui connaît le terrain comme sa poche. Son copilote, sergent Dan Strickland, 36 ans, a lui aussi l'habitude de ce genre de mission. Ils travaillent ensemble depuis plusieurs années et, même si l'appareil ne leur était pas encore très familier, il ne semble pas a priori que l'accident ait été causé par une erreur de pilotage. Selon tous les éléments qu'on a pour l'instant, il semblerait que les conditions météo soient à elles seules responsables des problèmes de stabilité que l'appareil a développés hier.

Il dessine grossièrement un hélicoptère survolant une paroi comme penchée vers l'avant avec un angle d'inclinaison au-delà de la verticale.

– Quand l'accident a eu lieu, l'hélico survolait une paroi rocheuse d'environ 100 mètres de haut avec un angle d'inclinaison particulièrement difficile. Les trois skieurs que l'équipage essayait d'évacuer étaient apparemment rassemblés ici, sur une plate-forme au pied de la paroi rocheuse.

Il ajoute trois petites silhouettes à son dessin.

– Comme vous pouvez le voir, les personnes à bord de l'hélico ne pouvaient en aucune façon établir un contact visuel avec les trois skieurs, ce qui a dû influencer une bonne partie de leurs décisions… Toujours d'après ce que l'on a pour l'instant, le pilote aurait ainsi choisi de se mettre en position de surplace juste au-dessus de la falaise, en essayant de garder une bonne marge de sécurité pour contrecarrer toute turbulence.

Sarah McKinley aurait décidé de descendre dès la première approche avec une civière – ce qui est déconseillé dans des conditions météo instables – pour évacuer tout blessé potentiel le plus vite possible... Ce qui est malheureusement l'un des scénarios classiques dans ce genre d'accident... Une prise de risque plus élevée dans des conditions plus dangereuses que la normale. Les secouristes faisant parfois passer leur propre sécurité après celle des personnes qu'ils essaient de sauver... Quoi qu'il en soit, que ce soit par choix ou par nécessité, Sarah McKinley s'est retrouvée suspendue à un câble, à plusieurs dizaines de mètres du sol, attachée à une civière d'une bonne dizaine de kilos, quand l'hélico a été brusquement déstabilisé par des turbulences et/ou par des rafales de vent plus puissantes que les précédentes. À ce stade-là, le pilote n'a généralement que deux options. Soit il essaie de maintenir coûte que coûte une position de surplace, au risque de perdre le contrôle de son appareil et de s'écraser. Soit il décroche le plus vite possible pour changer de position et échapper aux conditions de vol difficiles, et met dans ce cas précis la vie d'un seul des membres de son équipage en danger : comme dans le scénario d'hier, Sarah McKinley, suspendue au câble de l'hélico. Personnellement, je pense qu'il a fait le bon choix en décrochant immédiatement. Dans le cas contraire, on serait probablement en train d'enquêter sur la mort de quatre personnes – et potentiellement de sept, en comptant les trois skieurs au sol, si l'appareil s'était écrasé contre la paroi… Bref…

Nick complète son schéma en ajoutant un long trait qui descend du ventre de l'hélicoptère, et dessine une petite silhouette à son extrémité, censée représenter Sarah McKinley attachée à sa civière. Plusieurs flèches braquées sur elle indiquant la direction de l'impact dont elle a été victime.

– Quand le pilote de l'hélicoptère a brusquement compensé pour éviter de perdre le contrôle de son appareil, le câble auquel était attachée Sarah McKinley s'est mis en violent mouvement de balancier et elle s'est retrouvée projetée contre la paroi à plusieurs reprises, probablement incapable à ce stade de contrôler quoi que ce soit, y compris les mouvements de la civière. Pour des missions de ce type, on doit porter plusieurs harnais attachés les uns sur les autres pour s'assurer à différents types de câbles et d'équipement. En cas d'accident, il est du coup extrêmement difficile de se délester de quoi que ce soit, ou de changer de configuration pour limiter la force d'un impact ou d'une chute. En s'accrochant à un câble de ce type, on met littéralement sa vie entre les mains du pilote, du co-pilote et de la personne qui manœuvre le treuil – dans ce cas-là, Andy Gutierrez.

Nick se rassoit et je passe la parole à Connie, ne serait-ce que pour détacher mon regard du schéma de Nick.

– Connie… Tu peux nous faire le point sur l'aspect juridique du dossier et résumer tout ce que l'on sait sur les trois skieurs ?

– Bien sûr.

Elle se lève et se plante à son tour devant le tableau blanc, un marqueur rouge à la main.

– Les règles du secours en montagne sont encore largement basées sur la notion de solidarité et de gratuité – en contraste avec la plupart des services aujourd'hui offerts dans nos sociétés occidentales… La majorité des secouristes sont des volontaires, non payés, qui travaillent parfois en situation d'équipes mixtes, mélangeant civils et militaires, en particulier quand il s'agit de missions nécessitant l'utilisation d'un hélicoptère, comme ce fut le cas hier après-midi. Sarah McKinley faisait ainsi partie d'une équipe de trois médecins employés par le centre médical de Whistler qui se relaient pour assurer une permanence 24 heures sur 24. Par accord, ses deux collègues étaient prêts à couvrir ses absences à tout moment du jour ou de la nuit, mais c'est tout. À chaque fois qu'elle partait en mission de sauvetage, elle ne recevait ni prime, ni temps de récupération.

Connie souligne les deux derniers mots qu'elle vient d'écrire.

– Comme beaucoup d'autres secouristes de haute montagne, professionnels ou bénévoles, elle faisait elle-même beaucoup d'activités sportives pendant son temps libre : alpinisme, varappe, randonnée, ski, VTT, etc. Elle a également fait de nombreux stages pour se tenir à jour des derniers développements médicaux dans le traitement de blessés en situation d'urgence. On ne parle pas ici de quelqu'un d'inexpérimenté. On parle d'une personne parfaitement qualifiée – physiquement et en termes de compétences médicales. Comme Nick, je pense que la seule faute professionnelle qu'on risque de découvrir ici, c'est qu'elle a peut-être pris plus de risques que nécessaire pour essayer d'atteindre et d'évacuer les trois skieurs le plus vite possible.

Elle trace une ligne qui sépare les informations qu'elle vient de nous donner et écrit le mot *skieurs* en haut d'une nouvelle colonne.

– Côté skieurs, on a leurs trois identités et leur adresse, mais c'est à peu près tout. Sauf s'ils ont menti en remplissant leurs fiches d'admission, nous avons donc affaire à trois jeunes Américains originaires de Seattle : Wayne Chadwick, 21 ans, Bruce Anderson, 20 ans, et Emma Crawford, 20 ans. À ce stade, tout laisse à penser qu'il s'agit de trois skieurs expérimentés qui savaient exactement ce qu'ils faisaient. Un scénario qui est étayé par l'endroit où ils ont choisi de résider pendant leur séjour – le Chalet X, une sorte d'auberge de jeunesse de luxe située à Whistler Creek, à environ dix kilomètres de Whistler. Un endroit qui accueille chaque année des centaines de fanatiques de sports extrêmes... À en croire le site Web du chalet en question, il peut accueillir jusqu'à 20 personnes dans un confort d'hôtel 3 étoiles version jeunes. Le Chalet X a ainsi une salle spécialement aménagée avec différentes consoles de jeux vidéo, table de billard, Jacuzzi, sous-sol transformé en mini-discothèque avec bar, etc. Et avec des tarifs autour de 500 dollars canadiens la nuit, on parle ici d'une clientèle définitivement haut de gamme ; genre groupe d'amis issus de familles aisées. De fait, le responsable du Chalet X, Logan Hackel, un ancien moniteur de ski d'une quarantaine d'années, fait absolument tout pour attirer une clientèle bien précise : des 18-25 ans aussi branchés sur la pratique de sports extrêmes que sur ce que Whistler a à offrir en termes d'activités nocturnes. Sportifs plus par goût du risque que par véritable amour de la montagne...

Elle dessine un triangle dans lequel elle place un point d'exclamation pour bien souligner l'importance de ce qu'elle s'apprête à nous dire.

– Enfin, nous sommes en plein marécage en ce qui concerne les implications juridiques de cette enquête... Nous ne pouvons légalement qu'interviewer les personnes civiles impliquées dans cet accident – c'est-à-dire ni le pilote ni le copilote de l'hélicoptère – et dans le cas des skieurs, il faudra en priorité établir qu'ils sont bien tous les trois majeurs. Pour compliquer encore plus les choses, leur nationalité risque également de poser problème. Ils sont américains et peuvent quitter à tout moment le sol canadien, ce qui les ferait alors tomber sous une juridiction complètement différente. De fait, en attendant d'en savoir plus, il serait peut-être préférable que Kate soit la seule personne à avoir le moindre contact avec eux, grâce à son affiliation au FBI... Enfin, comme dans tout accident qui a causé un dommage corporel, si la responsabilité d'une ou plusieurs personnes est engagée, on parle d'un travail de longue haleine, avec avocats et procès à la clé. À ce stade, je pense qu'on a juridiquement affaire à trois grands scénarios : 1) l'accident est dû à des conditions météo imprévisibles ou à un problème mécanique de l'appareil et est officiellement classé comme tel, 2) l'accident est dû à une ou plusieurs erreurs de l'équipage et 3) l'accident est dû au comportement et/ou aux décisions des trois skieurs. Mais dans tous les cas de figure, les secouristes se *devaient* de venir en aide aux trois skieurs – et ce, qu'ils soient ou non en zone hors-piste. De la même façon que l'État investit argent et moyens pour venir en aide à un conducteur ivre victime d'un accident de la route, le fait que les trois jeunes se trouvaient hors du domaine skiable ne représente en rien un acte « criminel » ; sauf si l'on peut prouver qu'ils sont d'une façon ou d'une autre responsables, légalement, de l'accident dont a été victime Sarah McKinley.

Connie se rassoit et me tend le marqueur noir.

– Merci.

Je me lève à mon tour et j'enchaîne.

– Enfin, côté victime, on est encore entre deux eaux… Pour l'instant, Sarah McKinley n'a été officiellement que « blessée » dans l'accident mais ses chances de survie sont loin d'être garanties. J'aimerais donc que l'on traite dès maintenant cette affaire comme une tentative d'homicide et non pas comme un simple accident.

Je sens mon équipe un peu surprise par mon approche et je continue d'une voix la plus détachée possible.

– Comme vous le savez, elle est actuellement dans le coma avec un traumatisme crânien et une fracture de la colonne vertébrale. Même si elle venait à sortir du coma sans la moindre séquelle physique ou mentale, elle est irréversiblement paralysée des deux jambes.

Je dessine un schéma de squelette humain sur le tableau blanc.

– Le traumatisme crânien dont souffre Sarah McKinley a été provoqué par un violent impact sur la partie frontale de son cerveau qui indique qu'elle faisait face à l'objet ou à la surface qu'elle a heurté – en toute vraisemblance la paroi rocheuse le long de laquelle elle était suspendue. La fracture de la colonne vertébrale dont elle souffre également a, quant à elle, été causée par un impact de direction opposée, les vertèbres touchées ayant explosé et glissé à la suite d'un choc violent qu'elle a reçu dans le dos et non pas dans la poitrine. On est ainsi sûr que Sarah McKinley a été victime d'au moins deux impacts d'origines différentes : l'un de face et l'autre de dos. Selon l'ordre dans lequel ces deux impacts se sont produits – ce qui n'a toujours pas été établi –, on a deux scénarios possibles. Un : elle a perdu l'usage de ses jambes dans le premier impact et était potentiellement consciente quand le deuxième a eu lieu, même si le choc a probablement rendu toute coordination de mouvements quasi impossible. Deux : elle a subi le traumatisme crânien en premier, ce qui a pu altérer sa perception physique et mentale des événements qui ont suivi – un élément qui peut être utilisé pour discréditer son témoignage si procès il y avait. Quel que soit l'ordre des deux impacts, on est sûr qu'à un moment donné, elle a pivoté sur place alors qu'elle était suspendue au câble de l'hélicoptère… Volontairement pour essayer de se protéger ou involontairement à cause des mouvements du câble ou de son incapacité à contrôler la position de son corps dans l'espace…

Je me rassois et je conclus la réunion en assignant différentes tâches aux membres de mon équipe.

– Keefe, essaie de rassembler le maximum d'informations sur le Chalet X et sur son propriétaire – et vois si les trois skieurs ont parlé à qui que ce soit de leur intention d'aller faire du hors-piste sur le Cheakamus. Ils étaient à Whistler depuis plus d'une semaine quand l'accident a eu lieu, et j'imagine qu'ils ont dû visiter plusieurs endroits au sein même du village ou de Whistler Creek pendant cette période. Essaie de voir s'ils sont sortis en boîte, s'ils ont fait la fête, s'il y a une possibilité qu'ils aient parlé de leurs plans à des étrangers ou à des amis.

–OK.

–Connie, j'aimerais que tu commences par examiner les affaires et les vêtements que les trois jeunes portaient sur eux quand l'accident a eu lieu. Ils devraient être sous scellés, au centre médical de Whistler. De nouveau, vois si tu peux dresser un profil du genre de personne à qui on a affaire grâce à leur équipement et assure-toi bien qu'aucune erreur n'a été faite dans l'étiquetage des affaires en question. Le labo du centre médical a déjà prélevé pour nous un échantillon de sang sur les trois skieurs pour qu'on puisse établir s'ils étaient ou non sous l'effet de drogue ou d'alcool hier après-midi. Tu peux aussi t'en servir pour faire toute comparaison d'ADN dont on aurait besoin.

–Pas de problème.

–Pendant ce temps, j'aimerais aller avec Nick parler au médecin qui était de service hier soir au centre médical de Whistler, puis interroger les trois jeunes et Andy Gutierrez dès que possible. Des questions ?

Ils me répondent tous les trois non et je les regarde s'organiser en silence en finissant vite le reste de café froid qu'il reste dans ma tasse.

6.

CENTRE MÉDICAL DE WHISTLER
4380 LORIMER ROAD
10:16

– Ils vous attendent dans la salle du fond.

Le docteur qui s'est occupé hier soir des trois jeunes skieurs nous indique un long couloir d'un geste du bras, las, sans faire le moindre effort pour cacher son dégoût.

– Ils vont comment ?

Il me regarde droit dans les yeux et enfonce les mains dans les poches de sa blouse blanche avant de me répondre.

– Comme trois idiots qui ont manqué de se faire prendre dans une avalanche en faisant du hors-piste et qui s'en sont sortis indemnes.

Je me retourne et je fais comprendre à Nick que j'aimerais parler au docteur en tête à tête. Seule.

– Tu peux aller voir si Connie a besoin d'aide dans le hangar ? Je vous rejoins dès que j'ai fini.

– Pas de problème.

Il me répond sans sourciller – la confiance qu'il m'accorde toujours aussi touchante, même après tant d'années passées à travailler ensemble – et s'éloigne alors que je me retourne vers le docteur.

– Je peux vous parler en privé ?

Il semble se détendre un peu et m'indique une porte sur sa droite.

– Si vous voulez… Mon bureau est juste là…

Il me fait signe d'entrer en premier et je note au passage les trois noms gravés sur la plaque :

Dr Paul Carson
Dr Sarah McKinley
Dr Anne Mateer

Les trois docteurs qui se relaient 24 heures sur 24 dont vient de nous parler Connie…

Je m'avance et je repère le bureau de Sarah McKinley, parfaitement bien rangé dans un des angles de la pièce. Des dessins de sa fille accrochés partout au mur, mélangés à des photos de famille. Un portrait d'elle plantée devant un hélicoptère encadré près de la fenêtre. Grand sourire sur le visage. Casque à la main. Harnais déjà attaché sur sa combinaison de vol.

– Je m'excuse pour tout à l'heure… Je n'aurais pas dû m'emporter.

Je pivote pour faire de nouveau face au Dr Carson.

– Ne vous inquiétez pas… J'imagine que cela ne doit pas être très facile pour vous et pour vos collègues.

– Non.

Son regard balaie le bureau vide qui lui fait face et j'enchaîne.

– J'ai besoin de savoir dans quel état étaient les trois jeunes skieurs quand ils sont arrivés ici. C'est bien vous qui étiez de service ?

– Oui. Enfin, non… Techniquement, c'était Sarah. Mais quand elle a été appelée pour la mission en hélico, c'est moi qui ai pris le relais.

Il semble avoir du mal à se concentrer sur le sujet initial de ma question.

– Les skieurs… C'est bien ça ? Qu'est-ce que vous voulez savoir sur eux ?

– Ils étaient dans quel état quand ils ont été admis ici ?

– Le plus jeune des deux garçons, Bruce Anderson, souffrait d'hypothermie relativement avancée, mais c'est tout. Aucun traumatisme. Aucune fracture.

– Et les deux autres ?

– Rien non plus. On les a examinés tous les trois dans les moindres détails avec radios à l'appui, et rien. C'est de loin les skieurs hors piste les plus chanceux de ce début de saison.

– Wayne Chadwick et Emma Crawford ne souffraient pas eux aussi d'hypothermie ?

– Si, mais ils étaient bien moins affectés… Ce qui laisse à penser qu'ils n'ont pas été exposés tous les trois aux éléments de la même façon.

– Ils vous ont dit ce qui leur était arrivé ? Exactement ?

– Non. Juste qu'ils avaient manqué de peu de se faire prendre dans une avalanche.

– Et ils avaient l'air choqués ?

– Non. Pas vraiment… Je pense qu'ils n'avaient pas encore pleinement réalisé la portée de ce qui venait de leur arriver. Ils avaient plutôt l'air satisfaits de s'en être sortis indemnes.

– Ils sont au courant pour Sarah McKinley ?

– Oui. Et ça n'a pas l'air de les perturber plus que ça.

Je sens mon téléphone portable vibrer dans la poche de ma veste.

– Excusez-moi…

Je sors l'appareil et je décroche vite.

– Agent Kovacs.

– Kate, c'est Nick. Passe nous voir dès que tu auras fini avec le docteur. Il faut absolument que tu voies ce qu'ils avaient sur eux et dans leurs sacs à dos avant d'aller les interroger.

– OK. Merci.

Je raccroche et je repose les yeux sur le docteur.

– Désolée… Il va falloir que j'y aille… Vous pouvez juste confirmer deux ou trois choses de plus pour moi ?

– Oui. Bien sûr.

– Quand les trois skieurs sont arrivés ici, vous vous souvenez de ce qu'ils portaient sur eux ?

– Non. Mais je l'ai marqué sur leur feuille d'admission.

Il attrape un document sur son bureau, qu'il se met à lire à voix haute.

– Wayne Chadwick portait un anorak noir et un pantalon gris. Sa petite amie un anorak bleu et un pantalon orange. L'autre garçon un anorak rouge et un pantalon blanc.

– Avez-vous remarqué le moindre détail « étrange » sur leur apparence, sur leur état physique ? Quelque chose qui ne collait pas avec le reste ?

Il hésite.

– Pour être honnête avec vous, j'étais tellement préoccupé par ce qui venait d'arriver à Sarah que je n'ai fait que mon métier hier soir. Rien de plus, si vous voyez ce que je veux dire… Mais pour répondre à votre question, oui. Je me souviens d'un détail qui m'a semblé bizarre. Quand ils sont arrivés ici, l'anorak de la fille était complètement trempé, mais pas ceux des garçons. Pourtant, malgré ça, c'est la température de Bruce qui était la plus basse. Autour de 34 °C, si ma mémoire est correcte, alors que celle des deux autres oscillait entre 35,5 °C et 36 °C…

– Alors même que les femmes résistent mieux à l'hypothermie que les hommes…

– Exactement. Ce qui voudrait dire que Wayne Chadwick a été moins exposé au froid que ses deux amis. Quelle qu'en soit la raison.

– OK. Merci beaucoup.

Je lui serre la main et je repense soudain au coup de téléphone de Nick.

– Au fait… Juste un dernier détail… Entre le moment où ils ont été admis en observation ici et celui où l'un de mes collègues a appelé pour vous demander de mettre sous scellés tout ce qu'ils portaient sur eux, est-ce que les trois skieurs ont été en contact avec qui que ce soit ? Je veux dire, en dehors du personnel médical ?

Il réfléchit.

— Oui… Quelqu'un est passé les voir pour leur apporter justement des vêtements secs.

— Vous savez qui c'était ?

— Oui. Le responsable du Chalet X. Logan Hackel.

— Vous le connaissez ?

— Non, pas personnellement. Mais sa liste de clients a une fâcheuse tendance à devenir la nôtre.

— Qu'est-ce que vous voulez dire par là ?

— Que son chalet semble attirer un taux d'irresponsables bien supérieur à la moyenne. C'est à croire qu'il les choisit sur dossier. Je ne compte plus les fois où j'ai vu le nom de son établissement apparaître sur l'une de nos feuilles d'admission.

— Vous le connaissiez quand il était encore moniteur ?

— Non. Je n'ai pas trop le temps de sortir de mon microcosme médical… Surtout en pleine saison. Les gens que je fréquente pendant mon temps libre sont généralement les mêmes que ceux que je fréquente au travail.

— Vous êtes ami avec Sarah McKinley ?

— Oui. Avec elle et Peter, son mari. Je suis le parrain de leur fille.

Je comprends encore mieux sa réaction de tout à l'heure.

– Vous savez combien de temps Logan Hackel a passé avec vos trois patients ?

– Oui. À peu près 20 minutes... Une demi-heure au plus...

– Et ils étaient seuls ?

– Oui. En tout cas pour autant que je le sache.

– À ce stade-là, vous aviez déjà mis leurs affaires sous scellés ?

– Non. Elles étaient encore dans leur chambre. Votre collègue a appelé juste après le départ de Logan Hackel. J'étais dans le hall d'entrée quand on m'a demandé de prendre la communication. C'est pour ça que je m'en souviens.

– Il a donc pu récupérer un ou plusieurs objets dans les sacs ou les anoraks de ses clients ?

– Oui, j'imagine que c'est possible... Mais rien de bien gros... Il n'avait aucun sac entre les mains quand il est sorti...

– OK... Merci encore. J'aurais peut-être besoin de vous parler de nouveau. Vous n'avez pas l'intention de quitter Whistler dans les heures ou dans les jours qui viennent ?

– Non. Avec Sarah hors d'action, on n'est plus que deux pour couvrir les urgences et des spécialistes comme elle ne courent pas les rues. On n'est pas près de pouvoir la remplacer... Même de façon temporaire.

Je ne relève pas son optimisme un peu déplacé, consciente que si Sarah McKinley venait à sortir du coma sans séquelles, elle pourrait effectivement continuer à exercer en tant que médecin.

Puis je sors de la pièce pour aller rejoindre Nick et Connie dans le hangar du centre médical. Impatiente de voir ce qu'ils ont trouvé.

7.

CENTRE MÉDICAL DE WHISTLER
4380 LORIMER ROAD
10:32

– Je te promets, tu ne vas pas être déçue…

Nick m'entraîne vers le fond d'un long hangar à ambulances et me fait signe d'entrer dans une petite pièce vitrée dans laquelle se tient Connie – apparemment une salle de repos que doivent utiliser les équipes d'ambulanciers et de secouristes.

Grande table autour de laquelle une dizaine de personnes peuvent s'asseoir. Frigo. Coin café. Série de casiers métalliques assortis de noms et de verrous. Le nom de *Sarah McKinley* clairement visible sur l'un d'entre eux.

– Alors ?

Connie attrape l'un des sacs plastique noirs posés à côté d'elle, couvert d'étiquettes « NE PAS OUVRIR » et « NE PAS TOUCHER ». Le zèle de la personne qui s'est chargée de mettre les affaires des trois skieurs sous scellés montrant à quel point les personnes travaillant au centre médical de Whistler ont dû être affectées par l'accident d'hier.

– Prête ?

Je hoche la tête et elle se met à déverser sur la table une série d'objets qu'elle a déjà méticuleusement emballés dans des sacs plastique transparents et je me retrouve devant une quantité de matériel de montagne qui pourrait remplir plusieurs pages de catalogue spécialisé.

– Comme tu peux le voir, nos trois skieurs ne sont pas partis les mains vides…

Nick étale différents objets sur la table et se met à les désigner un par un.

– Voici le contenu du sac à dos de Wayne Chadwick… Un émetteur ARVA – un appareil de recherche de victime en avalanche – flambant neuf. Une boîte de fusées de détresse. Une sonde et une pelle pliables. Des piles de secours. Une couverture de survie. Un talkie-walkie. Un téléphone portable. Une boussole. Un système GPS. Un sifflet. Des barres de céréales énergétiques… Et le contenu des deux autres sacs à dos est identique à celui-ci.

Connie attrape l'un des trois anoraks, stocké avec le reste des vêtements que les skieurs portaient dans de grands sacs plastique transparents posés juste derrière elle.

– Côté vêtements, c'est la même chose. Ils portaient tous les trois des tenues The North Face en Goretex, haut de gamme. On a leurs anoraks, leurs gants, leurs lunettes et le contenu de ce qu'ils avaient dans les poches. Il va me falloir plusieurs heures pour bien cataloguer et analyser tout ça, mais je pense qu'on peut déjà établir avec assez de certitude qu'ils connaissaient parfaitement bien les risques du hors-piste, et qu'ils s'y étaient préparés avec soin. Ce genre d'équipement coûte non seulement très cher mais est aussi complètement inutile dans des situations de ski « normales ».

– OK...

Je repense à la boîte de fusées de détresse que Nick vient de nous montrer.

– Ils ont utilisé combien de fusées de détresse ?

Connie baisse les yeux.

– Apparemment aucune.

– Quoi ?

– La boîte qu'avait Wayne sur lui était ouverte, mais les trois fusées qu'il y a à l'intérieur sont encore neuves. J'ai vérifié les numéros de série et ils se suivent bien. Ce sont bien les fusées d'origine... Et elles n'ont pas été utilisées.

– Et les deux autres ?

– Ils avaient eux aussi une boîte sur eux. Mais pas ouverte. Encore neuve.

– Et vous n'avez pas retrouvé d'emballages vides dans leurs sacs à dos ? Des signes qu'ils avaient sur eux au moins une fusée de détresse supplémentaire ?

– Non. Rien. S'ils ont bien lancé des signaux de détresse quand ils étaient sur le Killer, toutes les preuves sont encore sur la montagne.

– Tu penses qu'on peut retrouver des traces d'explosifs, de poudre, sur leurs affaires ?

Connie hésite avant de me répondre.

– C'est possible... Mais comme pour tous les accidents de haute montagne, les preuves physiques sont difficiles à rassembler en raison des conditions météo extrêmes. Neige. Vent. Humidité. Mais c'est l'une des principales choses que je vais essayer d'établir.

– Merci.

Je me tourne vers Nick.

– Est-ce que tu peux organiser une patrouille de recherche pour sonder le couloir de l'avalanche et essayer de retrouver toute preuve physique supplémentaire ? Sauf si l'endroit est trop difficile d'accès. Sérieux. Si tu penses que c'est trop dangereux, laisse tomber. Pas question ici de provoquer un autre accident pour essayer de trouver une cartouche de fusée de détresse sur laquelle on risque de ne trouver aucun échantillon d'ADN. OK ?

– OK.

– Tiens-moi au courant et ne donne le feu vert à personne avant de m'avoir parlé.

– Bien reçu. Fais-moi confiance. Je n'ai pas l'intention de mettre en danger la vie de qui que ce soit.

Il me regarde bizarrement et je regrette de suite le ton autoritaire que je viens d'utiliser avec lui.

– Ce n'est pas ce que j'ai voulu dire...

Il sourit.

– Je sais… C'est probablement plus facile pour nous parce qu'on ne l'a pas vue… Ne t'inquiète pas. Je comprends… On a tous des types d'affaires qui nous affectent beaucoup plus que d'autres.

Et alors que je le regarde s'éloigner et que je m'apprête à aller interroger les trois jeunes skieurs pour la première fois, je réalise qu'il n'a aucune idée de la portée de ce qu'il vient de me dire.

8.

CENTRE MÉDICAL DE WHISTLER
4380 LORIMER ROAD
10:50

Après la description que vient d'en faire le Dr Carson, je n'ai aucun problème à identifier les trois jeunes installés dans l'une des salles d'attente du centre médical.

Wayne Chadwick. 1,80-1,90 m. Cheveux blonds coupés en brosse. Épaules larges.

Bruce Anderson. Un peu moins baraqué. Cheveux bruns ébouriffés dans tous les sens. Lèvres gercées.

Emma Crawford. Mince. Athlétique. Longs cheveux blonds attachés en queue-de-cheval.

Trois jeunes qui étaient prêts à risquer leurs propres vies et celles d'autres personnes il y a moins de 24 heures pour quelques minutes à peine de plaisir…

Je prends vite note de leurs positions respectives sur le canapé – Wayne et Emma collés l'un contre l'autre sur la gauche; Bruce assis sur la droite, les genoux redressés contre la poitrine dans une position classique d'autodéfense – et je m'assois dans un des fauteuils placés juste en face d'eux.

– Bonjour. Mon nom est Kate Kovacs. Je dirige l'enquête sur l'accident qui a eu lieu hier après-mi...

– Vous êtes flic ?

Je jette un regard d'avertissement vers Wayne pour m'avoir interrompue – un regard que je devine déjà être le premier d'une longue série – et je reprends.

– Oui. Je travaille avec la police de Vancouver.

– Vous savez au moins qu'on n'est pas d'ici, qu'on est américains et non pas canadiens ?

– Oui. C'est pour cela que vous aurez uniquement affaire à moi pendant la durée de cette enquête. Parce que je travaille également pour le FBI.

Il éclate de rire.

– Vous êtes agent du FBI et vous êtes ici pour enquêter sur une *avalanche* ? C'est cela même !

Je sors ma plaque et je l'ouvre bien en évidence devant lui. Un geste qui l'arrête net dans son élan.

– Désolé... Je ne savais pas... Je pensais que vous plaisantiez...

– Pas de problème. L'erreur est humaine. Cela arrive à tout le monde de se tromper.

Je me demande s'il a été capable de sentir les tonnes de sarcasme que je viens de mettre dans mon dernier commentaire ou s'il l'a tout simplement pris comme l'une de ces banalités que les gens adorent échanger. Puis je pose mon dictaphone sur la petite table devant moi.

Quand le voyant rouge s'allume, je vois Bruce et Emma se raidir un peu – et Wayne se vautrer encore plus sur le canapé.

– J'aimerais vous poser quelques questions sur ce qui s'est passé hier.

– Pourquoi ?

De nouveau Wayne.

Comme prévu.

– Parce qu'une personne a été grièvement blessée alors qu'elle essayait de vous venir en aide, et que comme dans tout accident avec dommages corporels, la police se doit de faire une enquête pour déterminer s'il y a ou non des responsabilités à engager.

– Vous pensez qu'on est responsables de ce qui est arrivé à la nana de l'hélico ?

– « La nana de l'hélico » a un nom. Elle s'appelle Sarah McKinley. Elle a 32 ans. Et elle est docteur.

– OK... Je n'ai rien dit... Mais je vois difficilement comment ça pourrait être de notre faute. Elle n'a même pas réussi à nous atteindre. Elle était encore à une bonne dizaine de mètres au-dessus de nous quand le câble s'est mis à partir dans tous les sens. Et la vérité c'est qu'on est tous les trois des victimes de ce qui s'est passé hier. Autant qu'elle.

Je fais des efforts pour ne pas relever l'absurdité de son dernier commentaire – la comparaison qu'il vient de faire entre eux trois, assis bien au chaud sur leur canapé, et Sarah McKinley, en train de lutter contre la mort dans une salle de soins intensifs – puis j'enchaîne, prête à jouer le jeu de Wayne Chadwick jusqu'au bout.

– Je sais bien… À ce stade de l'enquête, je ne pense en aucune façon que vous soyez directement responsables de ce qui est arrivé au D^r McKinley. J'ai juste besoin de savoir ce qui s'est passé hier après-midi, avant et après l'accident dont elle a été victime.

– OK…

Il regarde vite ses deux amis et se désigne d'office comme porte-parole de leur groupe, sans avoir à échanger le moindre mot avec eux.

– Vous voulez la version longue ou la version courte ?

– La longue.

– Vous en êtes sûre ?

– Oui.

J'imagine qu'il a derrière lui plusieurs années d'entraînement pour arriver à combiner avec autant d'aplomb arrogance et provocation.

– C'est finalement relativement simple… On faisait tous les trois du ski à la limite du domaine skiable, le long du Highway 86, vous savez, cette longue piste qui part du haut du mont Whistler et qui rejoint le village ?

– Oui.

– Et on a juste voulu voir ce qu'il y avait de l'autre côté.

– Par « de l'autre côté », vous voulez dire : de l'autre côté des barrières de sécurité ?

– Oui.

– Vous avez donc ignoré les panneaux d'avertissement qui indiquent clairement qu'il s'agit d'une zone interdite ?

– Oui. Mais ce n'est pas comme si on était les seuls à le faire. Tous les jours, des centaines de personnes font du ski hors piste à Whistler. Il y a même une section sur le site officiel de la station pour donner des conseils à ceux qui en font. C'est loin d'être un crime.

– Non. C'est juste une activité dangereuse et irresponsable.

Il me jette un regard assassin avant d'enchaîner.

– Bref… On a commencé par longer la crête du mont Whistler, pour voir le genre de pistes qu'il y avait et la qualité de la poudreuse. On cherchait un endroit vraiment cool pour bien profiter de la neige fraîche qui était tombée la veille. Et on s'est paumés.

– Pardon ?

– On s'est perdus. C'est moi qui étais censé guider tout le monde et j'ai merdé. Pour ça, vous pouvez officiellement mettre dans votre rapport que c'est de ma faute si vous le voulez. Je suis le meilleur skieur de nous trois, et je n'ai pas assuré.

Bruce réagit instantanément au dernier commentaire de Wayne en changeant de position sur le canapé. Ouvertement contrarié par ce que son ami vient de me dire.

– Et après ça, qu'est-ce qui s'est passé ?

– Je ne suis pas sûr… Je crois qu'on s'est retrouvés par accident sur le mont Cheakamus, en haut du Killer. En tout cas, ça ressemblait au couloir qu'on a vu plusieurs fois sur des vidéos de ski extrême…

– Et ?

– On a décidé de le descendre.

– Vous connaissiez sa réputation et vous avez quand même décidé de le descendre ?

– Oui. On en a discuté longuement avant et on s'est dit que c'était une opportunité de rêve. Qu'on ne pouvait pas la laisser passer.

– Vous étiez au courant que le risque d'avalanche était à son maximum hier sur le domaine de Whistler ?

– Non.

– Vous n'avez pas vérifié les conditions météo avant de partir ?

– Non. On ne s'attendait pas à se retrouver dans un endroit pareil.

– Mais vous aviez sur vous de quoi remplir un véritable catalogue d'équipement de secours en montagne. ARVA. Pelle. Sonde. Couverture de survie. Sifflet.

– Contrairement à ce que vous pouvez penser, nous sommes loin d'être des skieurs irresponsables. On ne sort jamais en montagne sans être parfaitement bien équipés.

– Vous aviez l'intention de faire du ski à *l'intérieur* du domaine skiable, mais vous transportiez sur vous plusieurs kilos de matériel en cas d'avalanche ? Alors même que les pistes officielles sont damées et surveillées 24 heures sur 24 ?

– Oui. Juste au cas où… On n'est jamais trop prudent…

J'essaie de ne pas m'énerver.

– OK… Vous vous êtes donc retrouvés « par accident » en haut du Killer et vous avez décidé de le descendre. Et qu'est-ce qui s'est passé ensuite ?

– Emma s'est dégonflée. Juste au dernier moment. Elle a décidé de descendre la paroi à l'extérieur du couloir en négociant la zone rocheuse qu'il y avait sur la droite, beaucoup moins dangereuse, et de nous attendre sur un petit promontoire juste en bas du couloir.

– Et vous deux ?

Je regarde Bruce et Wayne en succession rapide.

– On y est allés.

– Tous les deux ensemble ?

– Oui.

– En même temps ?

– Oui. Et c'est là que les choses ont complètement dégénéré. Alors qu'on était à peu près à la moitié de la descente, on a entendu un bruit pas possible derrière nous. Comme une vague sur le point de se briser. Et j'ai compris que c'était une avalanche. J'ai hurlé à Bruce de bifurquer sur la gauche avant qu'on se fasse tous les deux happer par le flot de neige, et on a réussi in extremis à se mettre à l'abri.

– Vous avez réussi à sortir du couloir ?

– Oui.

– À quel niveau ?

– Juste en bas. Près de là où était Emma.

– Aucun d'entre vous n'a donc été pris dans l'avalanche ?

– Non. On a vraiment eu un bol pas possible. C'est pas tous les jours qu'on peut défier la Mort blanche et s'en sortir sans une égratignure.

– La « Mort blanche » ?

– Ouais… C'est le nom qu'on donne aux avalanches dans le milieu du ski extrême. Vous ne le saviez pas ?

– Si. Mais je suis surprise que vous ayez utilisé ce terme. Vous aviez plutôt l'air de me dire que vous étiez tous les trois des skieurs très prudents.

Il serre la mâchoire.

– Oui. Mais ça ne nous empêche pas de suivre les exploits de skieurs plus courageux que nous sur des écrans de télé ou de cinéma.

– Naturellement…

Re-sarcasme de ma part.

Re-sourire satisfait de la sienne.

J'enchaîne.

– Et ensuite, que s'est-il passé ?

– On a continué à descendre le versant pour rejoindre la vallée.

– Vous avez déclenché votre balise de détresse à quel moment ?

Il me regarde. Surpris.

– On n'a jamais déclenché de balise de détresse.

Je vois où il essaie d'en venir. S'ils n'ont officiellement jamais demandé d'aide, ils ne peuvent en aucun cas être connectés à l'accident d'hier. Et je me dois de vite le mettre en garde.

– Écoutez-moi bien… Cette conversation est enregistrée et tout ce que vous me dites aujourd'hui pourra plus tard être retenu contre vous. Vous comprenez bien ce que cela veut dire ?

– Oui. Mais ça ne change rien au fait qu'on n'a jamais lancé de fusée de détresse.

– Je n'ai jamais parlé de « fusée » de détresse.

– Non, mais c'est ce que vous sous-entendiez. C'est le moyen le plus utilisé pour prévenir les secours quand on est bloqué en haute montagne. Ce qui n'était pas notre cas.

– Vous confirmez donc que vous n'avez jamais sollicité l'aide d'une patrouille de secours alors que vous étiez sur le Cheakamus hier après-midi ?

– Non. La descente était longue et difficile mais aucun d'entre nous n'était blessé. On pouvait la négocier sans problème. On n'avait aucune intention de faire déplacer un hélico pour venir nous chercher.

– Une fusée de détresse a pourtant été tirée dans le secteur où vous vous trouviez hier après-midi, environ une demi-heure avant que l'hélicoptère SAR de Whistler ne vous repère.

– Ce n'est pas nous qui l'avons tirée.

– Vous en êtes sûr ?

– Oui. J'en suis sûr. Je pense que je m'en souviendrais si on avait tiré une fusée de détresse…
– OK…

Je me tourne vers Bruce et vers Emma.

– Jusqu'à présent, vous confirmez tout ce que votre ami vient de me dire ?

Ils hochent tous les deux la tête.

– Vous pouvez me répondre verbalement, pour que votre réponse soit bien enregistrée sur la cassette ?

Ils hésitent plusieurs secondes avant de le faire. En chœur.

– Oui.

Je change légèrement de position dans le fauteuil et je me concentre maintenant exclusivement sur Emma.

– Quand vous êtes arrivée au centre médical, vous portiez apparemment un anorak complètement trempé. C'est exact ?

– Oui.

– Vous pouvez m'expliquer pourquoi ?

Wayne intervient avant qu'elle ait le temps de me répondre.

– Elle est tombée en descendant le versant. Juste après l'avalanche.

Je l'ignore totalement et je reste concentrée sur Emma pour bien lui faire comprendre que j'ai besoin de sa réponse, et non pas de celle de son petit ami.

– C'est comme vient de le dire Wayne. Je suis tombée dans de la poudreuse.

– Où exactement ?

– Entre le couloir et le bas de la paroi rocheuse où l'hélico nous a repérés.

– Vous pouvez me dire ce que vous avez vu de l'accident ?

– Vous voulez dire, avec l'hélico et le câble ?

– Oui.

Il y a soudain de la panique dans son regard.

– Heu… On a vu l'hélico arriver… On a vu quelqu'un accroché à un câble descendre avec une civière… Et on lui a fait signe qu'on n'avait besoin de rien.

– Comment ?

– En écartant et en croisant les bras plusieurs fois en l'air.

– Vous ne saviez pas que ça voulait dire l'inverse ?

– Pardon ?

– Deux bras en l'air signifient : « On a besoin d'aide. » Un bras levé et un bras baissé : « On n'a besoin de rien. »

Elle reste sans voix.

– Non. C'est pour ça que la secouriste est descendue ?

– Oui. Et parce que c'est son métier de répondre à toute fusée de détresse tirée dans la montagne.

– Elle va comment ?

Première question de Bruce et malaise général à la clé – y compris de la part de Wayne qui se met à gigoter nerveusement sur le canapé.

– Pas bien…

Je pèse mes mots, consciente que j'ai affaire à de jeunes adultes qui ont commis une série d'erreurs qui risquent de coûter la vie à un autre être humain – et dans tous les cas de figure, d'en altérer la vie de façon irréversible. Quelque chose qu'ils auront pour toujours sur la conscience.

– Elle est actuellement dans le coma et souffre de plusieurs blessures graves.

Je réalise qu'ils ne savent toujours pas qu'elle a été paralysée dans l'accident – une information qui n'a volontairement pas été communiquée à la presse – et je décide de ne pas leur en parler.

À la place, j'essaie d'en savoir plus sur l'accident.

– Vous avez vu le moment où elle a été blessée ?

De nouveau, c'est Emma qui prend la parole.

– Oui. On l'a vue descendre le long du câble avec la civière… Et brusquement, le vent s'est mis à souffler beaucoup plus fort qu'avant et le câble s'est mis à osciller violemment… Après ça, je ne suis pas sûre… Tout s'est passé beaucoup trop vite…

Je me tourne vers Bruce.

– Et vous, qu'est-ce que vous avez vu ?

– Exactement la même chose qu'Emma. On était relativement loin. On ne pouvait pas voir de détails… Juste des silhouettes…

– Et vous avez entendu quelque chose ?

Ma question les pétrifie. Littéralement. Et c'est Bruce qui finit par y répondre. Avec difficulté et après plusieurs secondes de silence.

– Oui... On l'a entendue hurler de douleur quand elle a heurté la paroi la première fois... Et après ça, plus rien.

9.

BASE SAR DE WHISTLER
4315 BLACKCOMB WAY
13:21

Je gare la Volvo devant la base SAR de Whistler et je prends quelques instants pour admirer le paysage à travers les vitres du véhicule.

Le mont Blackcomb et le mont Whistler, parfaitement encadrés dans le rectangle du pare-brise. Whistler Creek et ses lacs tout en bas de la vallée, brillants de réverbération dans le rétroviseur.

Et dans les quatre fenêtres latérales, des forêts de sapins à perte de vue, serrés bien fort les uns contre les autres.

Surplombées par un ciel bleu ; sans le moindre nuage.

Je sors du véhicule, un peu sonnée par le mélange d'air glacé et de lumière aveuglante que mes lunettes de soleil ont le plus grand mal à filtrer, et je m'avance vers le hangar de la base.

– Vous avez besoin d'aide ?

Je me retourne et j'offre mon meilleur sourire à l'homme en train de s'approcher de moi.

La trentaine. T-shirt blanc. Pantalon militaire. Cheveux coupés court. Athlétique et bronzé comme le sont les gens qui passent une bonne partie de leur temps au grand air.

—Bonjour. Je m'appelle Kate Kovacs. Je suis responsable de l'enquête civile sur l'accident dont a été victime Sarah McKinley hier après-midi.

Il s'arrête net.

—Je suis désolé. Je n'ai pas le droit de vous parler.

Je comprends de suite à qui j'ai affaire.

—Vous êtes le copilote de l'hélicoptère ? Sergent Strickland ?

—Oui.

Il baisse les yeux.

—Ne vous inquiétez pas… Je n'ai aucune intention d'entraver l'enquête militaire qui est actuellement en cours. J'ai juste rendez-vous avec Andy Gutierrez. Il m'a dit de passer le voir ici. Vous savez où il est ?

—Gutierrez ? Oui… Je viens de le voir… Il était assis derrière le hangar il y a quelques minutes à peine. À côté de la plate-forme de l'hélico.

—Il n'est pas de service, au moins ?

—Non. On est tous les trois interdits de vol jusqu'à nouvel ordre. Même l'hélico qu'on a utilisé hier a été mis hors de service par mesure de précaution. C'est la base SAR de Pemberton qui assure l'intérim en attendant la publication des premiers résultats de l'enquête. Même si on sait tous parfaitement bien ce qui a causé l'accident…

Je me retiens de lui poser la moindre question et je le laisse continuer.

– Entre nous, j'espère que vous trouverez quelque chose de votre côté... Parce que je peux vous assurer que ce qui s'est passé hier n'était dû ni à une erreur de pilotage, ni à un problème mécanique avec l'appareil.

Je tente une question à laquelle il peut répondre sans se mettre en porte-à-faux avec ses supérieurs hiérarchiques.

– Vous savez si l'enregistrement des conversations à bord de l'appareil a déjà été étudié ? Si je peux avoir une copie du document audio et/ou une transcription écrite de ce qu'il contient ? J'ai le droit d'y avoir accès puisque deux civils se trouvaient à bord de l'appareil. Vous pouvez voir si c'est possible ?

Il hésite.

– Oui... Je crois que c'est la première chose qu'ils ont faite hier soir... Je vais voir s'ils ont déjà préparé une copie pour vous.

– Si vous pouviez me tenir au courant, ce serait parfait.

Je lui tends ma carte.

– Vous pouvez m'appeler sur mon portable dès que vous avez du nouveau ? Ou laisser un message pour moi au Crystal Lodge ?

– Pas de problème.

– Merci.

Je lui serre la main, et je m'en vais rejoindre Andy Gutierrez derrière le hangar.

10.

BASE SAR DE WHISTLER
4315 BLACKCOMB WAY
13:26

– Vous voulez qu'on fasse ça à l'intérieur ?
– Non. C'est bon. On peut très bien faire ça ici.
Je m'assois en face d'Andy Gutierrez à une des tables en bois placées juste devant le hangar, et il ne perd pas une seconde pour enchaîner.
– Vous avez vu Sarah ?
Je plisse les yeux en entendant sa question et je décide de ne pas enlever mes lunettes de soleil. Pour me protéger de la lumière violente qui nous entoure et de la détresse qu'il y a dans son regard.
– Oui. Hier soir.
– Elle allait comment ?
– Aussi bien que possible. J'ai longuement discuté avec le médecin qui l'a prise en charge à son arrivée aux urgences et il est plutôt optimiste en ce qui concerne ses chances de sortir sans séquelles du coma. Pour le reste, j'imagine que vous savez déjà.
– Oui.

Il baisse les yeux et sort un mousqueton de la poche arrière de son jean qu'il se met à faire tourner nerveusement entre ses doigts. Le genre de geste répétitif que font souvent les personnes en état de choc.

– J'ai plusieurs questions à vous poser sur ce qui s'est passé. Vous pouvez y répondre maintenant ou vous voulez que je repasse plus tard ?

– Non… C'est bon… Allez-y. C'est juste difficile de ne pas pouvoir être avec elle. On nous a forcés à rentrer de suite à Whistler hier soir. Pour les besoins de l'enquête… Pour vérifier l'état de l'appareil… On n'a même pas eu le droit de l'accompagner jusqu'aux urgences…

Je branche mon dictaphone et je le pose sur la table entre nous.

– Vous l'avez évacuée directement à l'hôpital St Paul en hélicoptère, c'est bien ça ?

– Oui. Et on est rentrés immédiatement à Whistler après.

– Il y a combien de temps de vol entre les deux ?

– 25-30 minutes.

– Vous pouvez me raconter en détail ce qui s'est passé ? Du début jusqu'à la fin de la mission ?

– Oui, mais je ne suis pas sûr de me souvenir de tout…

– Ne vous inquiétez pas. Faites de votre mieux. On peut toujours revenir sur certains points plus tard si besoin est.

– OK…

Il ferme les yeux et commence à se remémorer les différents événements qui ont mené à l'accident, les traits de son visage animés par une série d'émotions que j'ai le plus grand mal à déchiffrer.

Puis il se lance enfin.

– Tout a commencé de façon on ne peut plus normale… On a reçu un appel nous informant qu'une fusée de détresse avait été tirée dans la zone du Killer… Une zone classée au top de notre échelle d'urgence en raison de son accès particulièrement difficile et dangereux par voie terrestre. J'ai retrouvé Sarah, Dan et Mike sur la plate-forme de l'hélico vers 16:00 et j'ai aidé Sarah à enfiler tous les harnais nécessaires pour une mission d'hélitreuillage. Dan et Mike nous ont donné le feu vert après une rapide inspection de l'appareil, et on a décollé tous les quatre le plus vite possible.

– Combien de temps après votre arrivée sur la plate-forme de l'hélico ?

– Quatre-cinq minutes. Au max. Après ça, on est allés directement sur la face ouest du Cheakamus et on l'a survolée pendant plusieurs minutes avant de repérer les trois skieurs au pied d'une des parois rocheuses du secteur.

– Comment étaient les conditions météo ?

– Difficiles. La visibilité était quasi parfaite mais le vent soufflait en rafales irrégulières. Je me souviens d'avoir entendu Mike et Dan en parler dans le cockpit. Mike avait l'air plus tendu qu'à l'ordinaire, il nous a dit plusieurs fois qu'il était possible qu'on ait à rebrousser chemin avant d'atteindre qui que ce soit si les conditions météo venaient à se détériorer.

– Vous en avez pensé quoi ?

– Personnellement, je pense qu'il avait raison. Mais j'imagine que vous savez comment c'est… Quand on a la possibilité de sauver une ou plusieurs vies, abandonner une mission est loin d'être une décision facile. D'autant plus qu'on a vite réussi à localiser les trois skieurs.

– Vous pouviez bien les voir ?

– Non. Ils étaient trop loin. Mais suffisamment bien pour savoir qu'ils avaient besoin d'aide. Ils nous faisaient des signes en l'air avec les bras.

– À ce stade, qui a pris la décision d'essayer de les hélitreuiller ?

Il hésite et se concentre pendant un long moment sur le mousqueton avant de me répondre.

– Vous allez mettre tout ce que je vous dis aujourd'hui dans votre rapport ?

– Oui.

– Même si ça n'a rien à voir avec l'accident à proprement parler ?

– Oui.

J'enlève mes lunettes de soleil pour bien lui faire comprendre qu'il peut me faire confiance, et sa réponse est immédiate :

– Sarah.

– C'est Sarah McKinley qui a à elle seule pris cette décision ?

– Non. Il y a eu une longue discussion à bord, mais c'est elle qui a eu le dernier mot. C'est elle qui était responsable de l'aspect médical de la mission et après avoir vu le tracé et le type d'avalanche qui venait d'avoir lieu dans le couloir ouest, elle ne voulait pas prendre le moindre risque.

– C'est-à-dire ?

– Elle voulait essayer d'évacuer les skieurs le plus vite possible en raison des conditions météo instables et de la probabilité élevée qu'ils souffrent tous les trois d'hypothermie avancée et/ou de polytraumatismes.

– Vous étiez d'accord avec son évaluation médicale de la situation ?

– Oui. On a déjà remonté les corps de trois personnes mortes sur ce couloir. C'est quelque chose qu'aucun d'entre nous n'est près d'oublier…

– À votre avis, la mission d'hier était-elle plus dangereuse que celles que vous avez l'habitude d'effectuer ?

– Oui.

– Pourquoi ?

– Parce que de toutes les conditions météo possibles, le vent est de loin le facteur le plus dangereux pendant une mission d'hélitreuillage.

– Sarah McKinley a-t-elle hésité ou exprimé le moindre doute avant de sortir de l'appareil ?

– Non. Aucun. Au contraire, elle voulait atteindre les trois skieurs le plus vite possible. Elle voulait qu'on accélère les choses.

– Est-il possible que l'un d'entre vous ait commis une erreur à ce moment-là ?

– Non. Je ne pense pas. En tout cas pas elle... Sarah a toujours été à cheval sur les mesures de sécurité, plus que n'importe quelle autre personne avec qui j'ai jamais travaillé. C'est loin d'être une tête brûlée. Elle est peut-être complètement dévouée à son métier, mais elle a aussi un mari et une petite fille. Je ne l'ai jamais vue prendre de risques inutiles.

– Qu'est-ce que vous avez voulu dire par « en tout cas pas elle » ? Vous pensez que quelqu'un d'autre ait pu faire une erreur ?

– C'est ce que je me demande depuis hier... Si je n'ai pas raté quelque chose d'important, si je n'ai pas oublié de vérifier une partie de son harnais... les attaches de sécurité de la civière... Mais honnêtement, je ne pense pas. J'ai beau me repasser le film des événements, je ne vois absolument rien.

– Le pilote et le copilote ont-ils essayé de la dissuader de descendre ?

– Non. Pas du tout. Je me suis peut-être mal exprimé tout à l'heure... La discussion à bord ne portait pas sur ça...

– Elle portait sur quoi ?

Il hésite de nouveau avant de me répondre.

– On était tous les quatre d'accord pour ne pas avorter la mission, même si les conditions météo étaient loin d'être idéales… Mais Sarah voulait descendre dès la première approche avec une civière pour évacuer tout blessé potentiel – et Mike aurait préféré qu'elle fasse une première approche sans matériel, juste au cas où, pour pouvoir évaluer l'état des trois skieurs et s'assurer qu'ils avaient bien besoin d'être évacués d'urgence. Mais en fin de compte, on s'est tous mis d'accord pour faire une première approche avec civière et décrocher si les conditions météo venaient à se détériorer…

– Et après ça ?

– Tout s'est passé très vite… Mike et Dan ont réussi à stabiliser au maximum l'hélico en haut de la paroi et j'ai descendu Sarah avec une civière. Le vent était correct et il n'y avait pas la moindre turbulence. On était tous les quatre en contact audio permanent, et tout avait l'air d'aller bien… De son côté, du mien, et dans le cockpit… Jusqu'à la première secousse.

Il s'arrête et se remet à jouer nerveusement avec le mousqueton en évitant mon regard.

– Alors qu'elle était à peu près à mi-chemin, l'appareil s'est brusquement retrouvé pris dans un trou d'air. Il est littéralement « tombé » de plusieurs mètres et toutes sortes de voyants et de sirènes se sont déclenchés à bord. Mike et Dan se sont mis tous les deux à hurler des ordres à droite et à gauche et Sarah n'avait pas la moindre idée de ce qui était en train de se passer.

– C'est à ce moment-là qu'elle a heurté la paroi pour la première fois ?

– Non. Je ne crois pas. En tout cas, elle n'a rien dit à ce moment-là. C'est juste après que les choses ont réellement dégénéré… Mike a tout fait pour essayer de stabiliser l'appareil – et moi pour remonter Sarah au plus vite –, mais l'hélico était complètement incontrôlable. Je crois qu'en plus des turbulences, le vent a dû se lever, parce que l'appareil s'est mis à tanguer comme un bateau en pleine tempête. Je me souviens d'avoir entendu Mike s'excuser et prévenir Sarah qu'il allait être obligé de décrocher brusquement… et c'est là qu'elle a heurté la paroi pour la première fois… Quand l'hélico a changé de position… Quand le câble s'est mis à osciller dans tous les sens…

– Vous savez combien de fois elle est entrée en contact avec la paroi ?

– Deux fois… Je pense… Mais je n'en suis pas sûr… Je l'ai entendue hurler de douleur au premier impact et après ça, je l'ai vue s'écraser contre la paroi une ou deux fois de plus… mais sans vraiment pouvoir contrôler les choses… Comme si elle n'avait plus la même force qu'avant… Et c'est à ce moment précis que j'ai compris qu'elle avait été blessée… Grièvement blessée…

– Vous avez gardé le contact audio avec elle pendant toute la mission ?
– Oui.
– Même pendant et après les deux impacts ?
– Oui.
– Et elle n'a jamais perdu connaissance ?
– Non.

J'ai à mon tour du mal à le regarder dans les yeux.

– Vous pensez qu'elle a heurté la paroi comment ? De face ou de dos ?
– C'était quasiment impossible à voir… Mais je dirais de dos la première fois et de face la seconde. J'ai l'impression que quand le câble s'est mis à osciller violemment, la civière a changé de position et l'a plaquée contre la paroi. Mais je suis loin d'en être sûr.
– Elle a décrit ce qu'elle ressentait après le premier impact ?
– Oui. Qu'elle ne pouvait plus sentir ses jambes.

Il me supplie du regard de laisser tomber le sujet et j'ai le plus grand mal à enchaîner.

– Je suis désolée d'avoir à insister mais nous avons besoin de savoir si Sarah était lucide ou non pendant l'accident… Pour pouvoir établir si ce qu'elle a vu, ou fait, après le premier impact a pu être altéré par un traumatisme crânien… Par des problèmes de perception, de jugement…
– Non. Elle était parfaitement lucide, si c'est ce que vous voulez savoir. C'est bien plus tard qu'elle a

commencé à glisser lentement dans le coma… Alors qu'on était en train de la transférer à Vancouver.

– Vous pouvez revenir sur ce qui s'est passé juste après le deuxième impact ?

– Je ne suis pas sûr… Il y avait tellement de choses qui se passaient en même temps… En changeant de position, Mike a repris le contrôle de l'appareil… Je crois que c'est Dan qui a lancé un message de détresse pour prévenir la base qu'on était en train de rebrousser chemin avec un blessé grave à bord et qu'on n'avait pu évacuer aucun des trois skieurs… De mon côté, je me suis concentré sur le treuil et sur Sarah. Pour essayer de la remonter le plus vite possible…

– Il s'est écoulé combien de temps entre le deuxième impact et le moment où vous avez réussi à la remonter à bord ?

– Je ne sais pas… Je dirais trois ou quatre minutes, pas plus… Mais dans ce genre de situation, la notion du temps est complètement différente. Cela aurait tout aussi bien pu être trois ou quatre heures…

– Comment avez-vous géré ses blessures une fois qu'elle était à bord ?

– Du mieux que j'ai pu. Je savais qu'elle souffrait probablement d'un traumatisme de la colonne vertébrale et d'autres blessures sérieuses et ma priorité était de la placer et de la maintenir dans une position la plus stable possible. J'ai réussi à l'allonger sur une planche dorsale et à immobiliser son corps de la tête aux pieds avec différentes attaches en Velcro prévues à cet effet. Après ça, j'ai essayé de diagnostiquer au plus vite les autres blessures dont elle souffrait.

– Qui a décidé de l'évacuer directement sur Vancouver ?

– Tous les trois. Collectivement. Elle nous avait dit clairement qu'elle n'avait aucune sensation dans les jambes. On savait qu'elle avait besoin d'être transférée dans un service spécialisé au plus vite.

– Vous avez commencé à la traiter à bord ?

– Oui. Elle m'a demandé de ne rien lui donner contre la douleur pour que cela n'affecte pas sa capacité à rester consciente et je lui ai donc uniquement administré une perfusion de fluide, au cas où elle souffrirait d'hémorragies internes. J'ai aussi fait un rapide bilan des sensations qu'elle avait ou n'avait pas dans différentes parties du corps, qui a confirmé ce qu'elle nous avait déjà dit. Qu'elle n'avait aucune sensation au-dessous du bassin. Et après ça, je l'ai forcée à me parler. Non-stop. Pendant toute la durée du vol.

– Vous saviez à ce stade qu'elle souffrait aussi d'un traumatisme crânien ?

– Oui. Je m'en doutais déjà au tout début et c'est devenu évident après une dizaine de minutes de vol… Elle a commencé à avoir des problèmes d'élocution, à avoir du mal à articuler certains mots… Elle m'a aussi dit qu'elle avait des problèmes de vision, que les choses avaient l'air de devenir floues autour d'elle… Et après ça, son état s'est dégradé au fil des minutes… Elle s'est mise à avoir des nausées, de violents maux de tête, et petit à petit, elle est devenue incapable de former le moindre mot et de me répondre de façon cohérente. Je crois qu'elle me comprenait encore, qu'elle savait exactement ce qui était en train de lui arriver, mais que la partie de son cerveau qui était censée rassembler les informations nécessaires pour me répondre ne fonctionnait plus correctement… Je pouvais le voir dans ses yeux. La peur, la douleur, la frustration… Et la seule chose que je pouvais faire, c'était lui tenir la main et essayer de la rassurer…

Il s'arrête. Au bord des larmes. Le mousqueton immobile entre les doigts.

Et je décide de mettre fin à notre entretien.

Aussi incapable que lui de continuer ne serait-ce qu'une seconde de plus.

11.

CRYSTAL LODGE
4154 VILLAGE GREEN
14:50

– Qu'est-ce que tu as trouvé ?

Je m'assois à côté de Keefe à la table de la salle de réunion et j'attrape la feuille de papier qu'il me tend, soulagée de pouvoir me concentrer pendant quelques minutes sur autre chose que sur Sarah McKinley et ses proches.

– J'ai récupéré des photos des trois jeunes sur le site Internet de leur école – une des écoles de commerce les plus prestigieuses de la côte ouest – et je les ai montrées à plusieurs personnes à Whistler. Et bingo !

Je regarde la feuille : une série de photos de Wayne Chadwick, Bruce Anderson et Emma Crawford assorties de quelques caractéristiques physiques en légende. Taille, âge et couleur d'yeux.

– J'ai commencé par faire deux ou trois boîtes de nuit et plusieurs magasins de sport – sans succès – et alors que je descendais Mountain Stroll, j'ai vu l'enseigne d'un café Internet en bas de la rue et je me suis dit que c'était probablement le meilleur endroit pour vérifier de façon « anonyme » l'état de la neige et/ou le risque d'avalanche dans les secteurs hors piste de la station. Sans compter qu'étant originaires de Seattle, la probabilité que nos trois jeunes aient voulu lire ou envoyer des e-mails au cours des dix derniers jours était assez élevée. Bref, je suis entré et le proprio du café s'est immédiatement souvenu d'eux.

– Pourquoi ?

– Parce que ça faisait dix jours qu'ils passaient environ un quart d'heure dans son café, tous les matins… En se comportant à chaque fois *exactement* de la même façon.

– C'est-à-dire ?

– Ils arrivaient à chaque fois tôt le matin, déjà prêts à partir sur les pistes, et demandaient à avoir l'ordinateur du fond de la pièce. Celui qui offre un maximum d'intimité… À chaque fois, ils ont longuement discuté entre eux en murmurant – comme s'ils avaient du mal à se mettre d'accord sur quelque chose – et ils ont pris des notes sur un petit calepin. Toujours selon le proprio, ils avaient l'air généralement déçus en sortant, sauf hier matin, où ils étaient ouvertement excités.

– Ils n'ont jamais imprimé de document ?

– Non. Ce que le proprio a également trouvé bizarre. Ils avaient l'air de ne pas manquer d'argent, habillés des pieds à la tête avec des vêtements de marque, mais ils ont préféré écrire à la main les informations dont ils avaient besoin plutôt que d'imprimer quelques pages à 25 cents le feuillet.

– Le proprio du café leur a parlé ?

– Oui et non. Il a apparemment essayé d'engager la conversation avec eux à plusieurs reprises, plus par curiosité qu'autre chose, pour savoir d'où ils venaient, combien de temps ils allaient rester à Whistler, mais les trois jeunes lui ont répondu à chaque fois de façon évasive. Genre : « Des États-Unis » ou « Pas assez longtemps ». Il m'a dit que le plus grand des deux garçons était particulièrement désagréable. Arrogant. Hautain. Et que la fille avait l'air d'être sa petite amie.

Il ouvre son ordinateur portable et le fait glisser de quelques centimètres sur la table pour que je puisse voir l'écran.

– Quoi qu'il en soit, ils ont réussi à lui faire tellement mauvaise impression que le proprio n'a pas hésité une seconde quand je lui ai demandé si je pouvais avoir accès à ses sauvegardes de données. Il m'a de suite dit oui, à condition de ne risquer aucune amende si jamais je venais à trouver des fichiers téléchargés de façon illégale par ses clients ou des logiciels piratés sur certains de ses ordinateurs – ce que je lui ai bien sûr promis. Et en moins de vingt minutes, j'ai réussi à récupérer la liste des sites ouverts de 09:00 à 09:15 sur la console du fond du café au cours des dix derniers jours.

Il appuie sur deux ou trois touches et une série d'adresses de sites Internet apparaît sur son écran.

– À chaque fois, nos trois jeunes sont allés exactement sur les mêmes sites. Cinq au total.

Il clique sur le premier lien.

– Ils ont commencé par vérifier les conditions météo publiées sur le site officiel de Whistler : probabilité de chutes de neige, températures maximum et minimum, visibilité en haut et en bas des pistes, etc. Puis ils ont enchaîné avec un des sites qui diffusent chaque jour le niveau de risque d'avalanche sur les différents sommets de la région.

Il clique sur la deuxième adresse et la page météo du site de Whistler est remplacée par une photo de la chaîne montagneuse de Whistler-Blackcombe.

– Devant ce choix, ils ont à chaque fois cliqué ici…

Il place le curseur en haut d'un des sommets et clique de nouveau.

– … Pour connaître le risque d'avalanche sur le versant ouest du Cheakamus.

Je regarde une série de chiffres s'afficher sur l'écran pour former un tableau qui recense les différents degrés de risque pour tout le mois de novembre, jour par jour.

– Comme tu peux le voir, après plusieurs jours avec un risque d'avalanche bas ou moyen, le Cheakamus a été mis en alerte rouge hier matin. Le risque d'avalanche passant brusquement à son maximum après d'importantes chutes de neige pendant la nuit et des conditions météo instables prévues pour la journée – avec violentes rafales de vent possibles en soirée.

– Ils ont consulté cette page à chaque fois ? Y compris hier matin ?
– Oui.
Je réfléchis.
– Tu penses qu'ils sont allés faire du hors-piste sur le Killer chaque jour depuis le début de leurs vacances ici ?
– J'en doute. Ce n'est pas un secteur facile d'accès, c'est le moins qu'on puisse dire. Et rien que physiquement parlant, je ne pense pas qu'ils aient pu le faire plusieurs fois d'affilée.
Je sens que Keefe a une théorie qu'il n'ose pas formuler à voix haute. Probablement la même que la mienne.
– Indépendamment de toutes les données objectives qu'on a pour l'instant, tu as quel type de scénario en tête ?
Il hésite.
– Honnêtement ?
– Oui.
– Je pense qu'ils n'ont descendu le Killer qu'une seule fois. Hier après-midi. Et qu'ils ont attendu tout ce temps pour être sûrs que le risque d'avalanche soit au plus haut.
– Tu penses qu'ils ont volontairement cherché à déclencher une avalanche ?
– Pas forcément, même si à ce stade, plus grand-chose ne m'étonnerait en ce qui les concerne... À mon

avis, ils ont cherché à descendre le Killer dans les conditions les plus extrêmes qui soient, pour augmenter le challenge que cela représentait... Ils espéraient soit survivre à toute avalanche, soit arriver à descendre le couloir sans en déclencher – ce qui dans les deux cas faisait d'eux de véritables héros dans le microcosme du ski extrême. Une théorie que les trois derniers sites qu'ils ont visités à chaque fois semble confirmer...

Il clique sur l'une des dernières adresses de sa liste et une série d'images de ski extrême se met à flasher sur l'écran pendant plusieurs secondes avant d'être remplacée par un mot écrit en lettres capitales rouges sur fond noir – THE KILLER – puis par un écran complètement noir.

– Les deux autres sites sont exactement pareils. Ils s'ouvrent sur une série d'images de ski extrême qui défilent à fond la caisse, suivies par des mots ou des lettres qui s'affichent en gros sur l'écran avant de disparaître. Sur l'un des sites, ce sont les mots « MORT BLANCHE » qui apparaissent, et sur l'autre, les lettres « CKX », que je devine être quelque chose du genre « CheaKamus eXtrême » ou « Chalet Killer X ». Je ne suis pas sûr... Dans tous les cas, l'adresse http est composée d'une longue série de chiffres que des moteurs de recherche comme Yahoo et Google ont tendance à ignorer. Et à chaque fois, la zone sensible qui permet de rentrer dans le site ne peut être trouvée qu'en balayant méthodiquement l'écran millimètre par millimètre – pour donner sur des pages similaires…

Il fait lentement glisser son curseur sur l'écran noir jusqu'à ce que la petite barre clignotante se transforme en icône de main.

– La zone sensible doit faire deux ou trois pixels au max et si l'on ne sait pas où elle est, il faut un bon moment pour la trouver.

Il clique sur sa souris et un bloc de texte apparaît en plein milieu de l'écran, suivi de deux rectangles vides.

Entrez votre nom d'utilisateur et votre mot de passe.
Enter your username and your password.

– À ce stade, je suis pour l'instant complètement bloqué. Je n'ai pas la moindre idée de ce que les trois sites contiennent exactement, ou de la façon dont les utilisateurs obtiennent les deux codes nécessaires pour y accéder. Mon instinct me dit qu'il s'agit de forums réservés à de petits groupes d'initiés – mais il peut tout aussi bien s'agir de sites d'échange de documents, vidéos, fichiers MP3… Dans tous les cas, ils ont utilisé un maximum de précautions pour que leurs sites restent les plus obscurs et inaccessibles possible, pour qu'aucun « étranger » ne puisse y rentrer.

– Tu penses quand même pouvoir le faire ?

Il sourit.

– C'est possible… Tu me connais… Mais c'est loin d'être garanti. Ce que je crains le plus, c'est qu'en voyant les infos, le ou les responsables des trois sites en question les aient fermés, au cas où justement des gens comme nous essaieraient d'y avoir accès. Je crois que même si j'arrivais à passer leurs barrages de sécurité, je risquerais de ne rien trouver derrière...

– Tu peux quand même essayer ?

– J'espérais bien que tu me demandes de le faire. C'est le genre de challenge sur lequel je suis prêt à passer plusieurs nuits blanches.

Je souris à mon tour.

– Pour l'instant, commence à bosser dessus pendant quelques heures et on refait le point en fin d'après-midi. Rien qu'avec les informations que tu as récupérées au café Internet, on peut déjà prouver que les trois skieurs connaissaient parfaitement bien le risque d'avalanche sur le secteur où ils se trouvaient hier, et qu'ils étaient loin de s'y être retrouvés « par accident » comme ils voulaient essayer de me le faire croire ce matin. Ils ont volontairement mis leurs vies en danger – et en agissant de la sorte, risqué également celle de Sarah McKinley et du reste de l'équipage dont elle faisait partie.

– Sauf que si on n'arrive pas à prouver qu'ils ont tiré de fusée de détresse ou demandé officiellement de l'aide, on va avoir le plus grand mal à les rendre ne serait-ce qu'en partie responsables de l'accident...

– Je sais...

Je repense à l'arrogance de Wayne Chadwick et je me demande si c'est lui qui a entraîné ses deux amis à aller faire du hors-piste sur le Killer, ou si c'est quelque chose qu'ils ont décidé de faire ensemble, de façon collective…

– Tu sais où en est Connie ?

Keefe m'indique la direction de l'autre salle de réunion sans détacher son regard de l'écran du portable, déjà concentré à 100 % sur le décryptage du système d'entrée des trois sites.

– Elle est en train d'étudier les affaires des trois skieurs dans la pièce d'à côté… Mais si j'étais toi, j'irais doucement avec elle… Elle avait l'air méchamment frustrée tout à l'heure… En tout cas autant que Connie puisse l'être…

Je me lève et je pose au passage ma main sur son épaule avant de changer de pièce.

– Merci pour le tuyau… Je vais essayer d'y aller le plus « doucement » possible…

– De rien.

12.

CRYSTAL LODGE
4154 VILLAGE GREEN
15:27

Il me suffit d'un seul coup d'œil pour réaliser que l'avertissement de Keefe était tout à fait justifié.

Debout devant la table de la deuxième salle de réunion, Connie me regarde entrer en forçant un semblant de sourire sur ses lèvres, une série de clichés Polaroïd entre les mains.

– Je te dérange ?

Cette fois-ci, elle sourit pour de bon.

– Non. Mais ne t'attends pas à des miracles. Les choses n'avancent pas exactement comme je l'espérais...

Je m'approche d'elle et je balaie du regard la surface de la table sur laquelle elle a méticuleusement aligné une centaine de clichés, répartis en trois colonnes bien distinctes – Wayne/Emma/Bruce. Chaque objet ou vêtement pris en photo clairement codé dans la marge blanche, avec une combinaison de chiffres et de lettres.

– Tu as déjà tout catalogué et étudié ?

La surprise qu'il y a dans ma voix semble la rassurer un peu.

– Oui. Sauf que ça risque de ne pas servir à grand-chose…

Elle complète les trois colonnes avec la série de photos qu'elle avait encore entre les mains – ARVA#01-WC, ARVA#02-BA, ARVA#03-EC –, le petit appareil orange bien centré dans le carré de chaque cliché, et finit en ajoutant une photo de gants en bas de la colonne d'Emma.

– Comme tu peux le voir, les trois jeunes portaient exactement le même genre d'affaires sur eux et dans leurs sacs à dos, avec juste des variations de couleurs et de tailles. Toutes les marques sont identiques. Et l'état de leur équipement est également le même : flambant neuf.

Je fixe la série de clichés représentant trois boîtes de fusées de détresse, une dans chaque colonne.

– Ils avaient donc bien chacun une boîte sur eux ?
– Oui.
– Identiques ?
– Positif.
– Et ils n'en ont bien utilisé aucune ?
– Exact.
– Est-ce qu'ils avaient sur eux un autre moyen de lancer des signaux de détresse visuels ?

Elle baisse les yeux.

– Non.

Je suis loin d'abandonner le sujet.

– Tu as fait des prélèvements pour voir s'il y avait des traces de poudre et/ou de brûlures sur leurs affaires ?

– Oui. J'ai déjà tout envoyé au labo de Vancouver et on devrait avoir les résultats demain matin à la première heure. Mais a priori, je n'ai rien vu.

– Tu as des détails sur le type de fusées qu'ils avaient sur eux ?

– Oui. Ce sont des fusées standard qui permettent de lancer des signaux lumineux rouges de plusieurs secondes. Elles peuvent être déclenchées soit directement, soit à distance…

– Tu veux dire que même s'ils avaient utilisé une ou plusieurs fusées de ce type, il est peu probable que cela ait laissé des traces sur leurs affaires ?

– Oui. D'autant plus que le mécanisme a un compte à rebours de sécurité de plusieurs minutes. Tu peux parfaitement planter la fusée dans de la neige, par exemple, et t'éloigner avant que le signal lumineux ne soit lancé. Si jamais ils ont fait quelque chose de ce type, on n'a pas la moindre chance de retrouver quoi que ce soit sur leurs affaires… En supposant bien sûr qu'ils avaient sur eux une quatrième boîte dont l'emballage et les cartouches vides sont encore sur le Cheakamus.

Je comprends de mieux en mieux sa frustration.

– Tu as trouvé autre chose d'intéressant ?

– Oui. Ils ont utilisé leurs émetteurs ARVA.

Elle sort une petite boîte d'un sac en plastique posé sur l'une des chaises à côté d'elle.

– J'en ai acheté un tout à l'heure, dans un des magasins de sport de Whistler, pour qu'on ait bien l'objet en main. Même modèle que celui qu'ils avaient sur eux.

Elle ouvre l'emballage et me tend l'objet qu'il contient : un petit émetteur-récepteur orange, entre téléphone portable et talkie-walkie, qui tient dans la paume d'une main.

– Le modèle qu'ils avaient sur eux est un ARVA 457 khz de marque Nicimpex. C'est un émetteur-récepteur qui doit impérativement se porter à même le corps – et non pas être placé à l'intérieur d'un sac ou d'un vêtement qui pourrait être arraché si le skieur venait à être emporté par une coulée de neige. Le système est relativement simple. L'appareil émet un signal sur une fréquence désormais standard dans la plupart des pays du monde – 457 khz – et fait souvent partie de l'équipement standard de tout groupe qui s'aventure sur des parois enneigées ou gelées instables. Si jamais l'un des membres du groupe venait à se faire prendre dans une avalanche, les autres personnes peuvent immédiatement faire basculer leurs ARVA en position de réception et commencer les recherches. Quand un ARVA récepteur s'approche d'un ARVA émetteur, un système de signaux sonores et lumineux se met en marche sur le cadran de l'appareil et permet de localiser toute personne ensevelie. Dans tous les cas de figure, il faut essayer de dégager la victime le plus vite possible, dans les quinze premières minutes. Après ça, ses chances de survie diminuent de façon dramatique. Ce qui explique pourquoi les fabricants d'ARVA insistent lourdement dans leurs notices pour que les personnes qui utilisent leurs appareils aient toujours aussi dans leurs affaires des pelles et des sondes. Localiser rapidement une personne ensevelie dans une avalanche grâce à un ARVA ne sert pas à grand-chose s'il faut ensuite plus d'une heure pour la dégager à la main. Ce que nos trois skieurs savaient manifestement.

Connie me montre une série de photos posées sur la table.

– Ils avaient tous les trois des pelles et des sondes pliables dans leurs sacs à dos.

– Ils s'en sont servis ?

– Oui. Même si ce n'était pas forcément hier. Il y a plusieurs marques sur les pelles qui indiquent qu'elles ont été utilisées. Et l'une des trois sondes est brisée.

– Laquelle ?

– Celle de Bruce.

– On peut prouver à quel moment ils ont utilisé cet équipement ?

– Non.

– Et comment tu sais qu'ils ont utilisé leurs ARVA ?

– Les piles qu'il y avait à l'intérieur étaient à moitié vides quand je les ai testées…

– Et on suppose bien sûr qu'ils sont partis avec des piles neuves...

– Oui. Vu le reste de leur équipement, je doute qu'ils aient pris des risques de ce côté-là.

– Tu penses que leurs ARVA sont restés branchés pendant combien de temps ?

– Il va falloir que je vérifie avec le fabricant, mais je dirais au moins trois ou quatre heures.

Elle attrape l'un des clichés dans la colonne de Bruce et me le tend.

– Il y a aussi un autre détail que j'ai trouvé bizarre.

Je regarde attentivement la photo : un sac à dos noir de marque The North Face.

– Le sac à dos de Bruce avait une attache déchirée.

Elle me montre l'une des lanières.

– Ce n'est peut-être rien, mais ses affaires étaient aussi beaucoup plus humides que celles des deux autres. Comme l'anorak d'Emma. J'ai vérifié avec les secouristes qui les ont finalement évacués, et quand ils les ont atteints, il neigeait sur le Cheakamus depuis une bonne demi-heure. Ce qui peut expliquer l'état de leurs affaires, mais pas la différence entre celles de Wayne et celles de ses deux amis.

– Ils ont confirmé que c'est bien Bruce qui avait le plus froid ?

– Oui. Bruce et Emma. Mais Wayne est beaucoup plus baraqué, ce qui peut facilement expliquer pourquoi il a mieux résisté au froid et à l'humidité.

– OK…

Je jette un dernier coup d'œil à la masse de photos avant de ressortir pour aller interroger le propriétaire du Chalet X.

– Tu as la moindre théorie sur ce qui s'est passé ?

– À ce stade ? Oui… Je dirais qu'au moins Bruce, et peut-être aussi Emma, ont été emportés par l'avalanche qu'ils ont soi-disant évitée de justesse. Mais la seule chose dont je sois sûre, c'est que dans l'état actuel des choses, on va avoir un mal pas possible à prouver quoi que ce soit grâce à leurs affaires. Même si on arrive à établir qu'ils ont bien utilisé leur matériel de recherche en avalanche, ils peuvent très bien nous dire qu'ils l'ont fait il y a plusieurs jours pour s'entraîner, par exemple… Et côté fusée de détresse, même si on retrouve des traces de poudre sur leurs vêtements, on n'a aucun moyen de les comparer à quoi que ce soit.

– Nick est en train de fouiller le couloir du Killer avec une patrouille de secouristes pour essayer de retrouver toute cartouche de fusée vide sur place.

Elle hausse les épaules en soupirant.

– Ce qui risque aussi de ne servir à rien.

– Pourquoi ?

– Parce qu'on ne pourra jamais établir un lien sans faille entre les deux échantillons… Vu que les vêtements des trois jeunes et toute cartouche retrouvée sur le Killer auront été contaminés par de la neige et exposés à toutes sortes d'éléments. Au mieux, on pourra peut-être arriver à un degré de probabilité assez élevé, dans les 70-80 %. Mais on n'arrivera jamais à du 100 %. Ce qui risque de ne pas être assez si l'affaire venait à finir au tribunal.

13.

CHALET X
2432 ALPHA LAKE ROAD
17:30

Vu de l'extérieur, le Chalet X ne se distingue en rien des autres bâtisses en bois qui longent les rives du lac Alpha. Énorme. Entouré d'un grand jardin recouvert d'une épaisse couche de neige. Un long ponton assorti de jet-skis qui s'avance de plusieurs mètres dans l'eau.

Je me plante devant l'imposante porte d'entrée au-dessus de laquelle le nom *Chalet X* a été gravé, dans un style qui n'est pas sans rappeler celui des maisons de fraternité américaines. Puis je sonne et une femme avec un fort accent hispanique m'ouvre après seulement quelques secondes.

– Oui ?
– Bonjour. J'ai rendez-vous avec M. Hackel.
– Vous êtes madame Kovacs, c'est bien ça ?
– Oui.
– Entrez… M. Hackel vous attend…

Je la suis à travers le hall et je la remercie alors qu'elle me laisse sur le pas de la porte du salon dans lequel se trouve Logan Hackel. Debout devant un énorme feu de cheminée.

– Bonsoir... Agent Kovacs.

Je m'avance vers lui et je lui tends la main.

– Bonsoir... Logan Hackel.

Il me serre la main et m'invite à prendre place sur l'un des fauteuils en cuir blanc placés en demi-cercle devant le foyer, avant de s'asseoir à son tour face à moi.

– L'endroit vous convient ?

J'ai du mal à lui répondre, un peu perturbée par ses manières de gentleman du XIXe siècle combinées à son physique de moniteur de ski. Un mélange aussi anachronique que le décor de son chalet – luxueux et branché à la fois, comme s'il hésitait entre deux images ou voulait commercialement arriver à exploiter les deux pour attirer une clientèle la plus large possible.

– Oui. C'est parfait.

J'enlève ma veste et je remonte les manches de mon T-shirt, pour ne pas me faire complètement ensuquer par la chaleur dégagée par le brasier sur ma gauche, et je l'observe rapidement.

Dans les 35-40 ans. La peau du visage tellement exposée aux éléments qu'elle donne l'impression d'être craquelée, brûlée. Un sourire sur commande qu'il doit assortir de rayures de crème solaire colorée sur les joues quand il est sur les pistes. Et un polo vert Lacoste aussi bien repassé que son jean.

Un look qui doit lui permettre de pouvoir enchaîner une partie de golf et de Playstation sans avoir à se changer entre les deux.

– Vous avez quelques questions à me poser sur trois de mes clients, c'est bien ça ?

– Oui.

Il ne se fait pas prier pour enchaîner.

– C'est vraiment incroyable ce qui leur est arrivé hier, survivre à une avalanche comme ça sur le versant ouest du mont Cheakamus... À ma connaissance, c'est une première. Je ne pense pas que cela soit arrivé à qui que ce soit d'autre avant eux... Une véritable tragédie.

– Ça et l'accident dont a été victime la secouriste qui essayait de les évacuer.

– Oui. Bien sûr... Naturellement... Comme quoi, même les personnes les plus expérimentées ne sont pas à l'abri des dangers de la montagne.

J'essaie de me sortir au plus vite de ce marécage de banalités dans lequel il a visiblement l'habitude d'évoluer.

– Vous avez la moindre objection à ce que j'enregistre cette conversation ?

Il me sourit et les traits figés de son visage m'empêchent de deviner ce qu'il ressent vraiment à cet instant précis.

– Madame Kovacs... c'est bien ça ?

– *Agent* Kovacs.

– Si vous n'y voyez pas d'inconvénient, je préférerais que cette conversation reste entre nous. La confidentialité fait partie des principaux services que j'essaie d'offrir à ma clientèle.

Je me force à lui sourire à mon tour. Complètement prise de court par sa réaction.

– Naturellement… Je comprends… Mais, enregistré ou non, tout ce que vous allez me dire aujourd'hui ne pourra en aucune façon rester confidentiel. L'enquête que je mène actuellement est une enquête potentiellement criminelle. Si vous êtes toujours d'accord pour me parler, votre témoignage fera partie de mon rapport officiel.

– Oui, je suis toujours d'accord. J'aimerais juste que les choses soient claires en ce qui concerne le rôle de mon établissement dans cette affaire. Le Chalet X n'est en rien responsable de ce qui est arrivé hier. Et si je possédais, sans le savoir, des informations susceptibles de faire avancer votre enquête, je suis parfaitement prêt à vous les communiquer aujourd'hui – ce qui est la raison pour laquelle j'ai accepté de vous parler cet après-midi, malgré mon emploi du temps plutôt chargé en ce moment.

Il pose les avant-bras à plat sur les accoudoirs de son fauteuil et s'enfonce bien dedans. Le pied droit maintenant posé sur le genou gauche. Toujours tout sourire.

– Allez-y. Je suis à vous.

Je sors un bloc-notes et un stylo de mon sac en prenant tout mon temps. L'antipathie que je ressens pour Logan Hackel difficile à contenir.

– Monsieur Hackel, j'aimerais que vous commenciez par confirmer l'identité des personnes impliquées dans l'accident d'hier qui séjournaient dans votre établissement.

– Il s'agit de Wayne Chadwick, Bruce Anderson et Emma Crawford.

– Ils sont arrivés quand ?

– Le 7 novembre. Je viens de vérifier la date avec ma secrétaire. Je m'attendais à ce que vous me posiez cette question.

Il sourit, tout fier de lui, et j'enchaîne.

– Vous savez où sont vos trois clients actuellement ?

– Oui. Sur les pistes.

– Pardon ?

– Ils sont en train de skier.

Il semble enfin remarquer mon air horrifié et élabore vite.

– Heu… Vous comprenez bien… Il ne leur reste plus que trois jours de vacances et ils veulent essayer d'en profiter au maximum.

Je n'arrive toujours pas à y croire.

– Ils sont actuellement en train de skier, ici, à Whistler ?

– Oui. Ils sont sortis de la clinique vers midi. Je suis allé les récupérer en voiture et je les ai déposés au chalet. Après ça, je suis parti directement à Pemberton.

– Vous n'êtes donc pas sûr qu'ils soient partis faire du ski ?

– Heu… Non… Mais c'est ce qu'ils m'ont dit. Il y a des dizaines de pistes qui restent ouvertes tard le soir et ils ont des forfaits déjà payés pour les quinze jours. Si j'étais eux, c'est ce que j'aurais aussi fait.

– Après avoir été secouru en pleine montagne la veille et avoir été témoin d'un accident grave ?

– Oui. Ces choses-là font partie des risques de la montagne.

Je ne relève pas son dernier commentaire.

– Ils ont fait comment pour leurs affaires ?

– Qu'est-ce que vous voulez dire ?

– On a gardé à peu près tout ce qu'ils avaient sur eux hier après-midi. Ils avaient des tenues de ski et des sacs de rechange ?

– Je ne sais pas pour les sacs, mais oui pour les tenues de ski. C'est d'ailleurs ce qu'ils m'ont demandé de leur apporter hier soir quand ils m'ont appelé de la clinique. Pour le reste, j'imagine qu'ils ont dû louer ce qui leur manquait pour la journée. L'argent n'est pas vraiment un problème pour eux, si vous voyez ce que je veux dire…

– Vous pouvez revenir sur hier soir et me dire ce qu'ils vous ont dit exactement au téléphone ?

Il réfléchit.

– Oui… Ils ont appelé vers 19:00-19:30, je crois. À ce stade-là, je savais qu'il y avait eu un accident grave sur le Cheakamus, mais je n'avais pas la moindre idée qu'il s'agissait d'eux. Tout le monde pensait d'ailleurs que la personne blessée était l'un des skieurs en difficulté et non pas l'un des secouristes. Les accidents de ce type sont tellement rares... Bref, ils m'ont appelé pour me demander d'aller dans leurs chambres et de leur apporter des vêtements de rechange. Ils m'ont rassuré en me disant que tout allait bien, qu'ils s'en étaient tirés tous les trois sans une égratignure, et ils m'ont demandé de ne surtout pas contacter leurs familles.

– Vous savez pourquoi ?

– Non. Mais vu l'école de commerce dans laquelle ils vont, j'imagine que leurs familles n'apprécieraient que très moyennement l'idée qu'ils soient allés faire du hors-piste.

– Et vous pensez qu'elles ne sont toujours pas au courant de ce qui s'est passé ?

– Probablement pas. Aucun nom n'a été donné à la presse et dans ce genre de situation, c'est généralement : « Pas de nouvelles, bonnes nouvelles. » Aucun de leurs parents n'a appelé le Chalet X pour vérifier s'ils allaient bien et je ne suis même pas sûr que l'accident d'hier soit passé aux infos de Seattle. On n'est peut-être qu'à quatre heures de route de la frontière américaine, mais c'est un autre pays, si vous voyez ce que je veux dire...

Un autre « si vous voyez ce que je veux dire » et j'explose.

— … Sans compter bien sûr qu'ils sont tous les trois majeurs et qu'ils ont parfaitement le droit de faire ce qu'ils veulent.

— Y compris du hors-piste ?

Il hausse les épaules en soupirant. Comme si le sujet avait depuis longtemps perdu tout intérêt pour lui.

— Et c'est reparti… Le vieux débat entre ski en station et ski hors piste… Vous savez, parfois, je pense que tout cela est un peu dépassé, démodé… Si vous voulez avoir mon avis sur le sujet…

Je ne peux m'empêcher une petite pique.

— Pas vraiment, mais allez-y quand même.

— C'est un faux débat. La réalité, c'est qu'on vit dans un monde tellement terne qu'on est bien obligé d'aller chercher des sensations fortes là où on peut encore en trouver. Et le ski extrême fait partie de ces rares activités où l'on peut vraiment sentir la fine ligne qui existe entre la vie et la mort.

— Ce qui est censé être quelque chose d'excitant ?

Il éclate de rire.

— Manifestement, vous n'aimez pas vivre dangereusement.

J'éclate de rire à mon tour. Sciée par son imbécillité.

— Ce qui est OK, agent Kovacs. Ne le prenez pas mal… C'est juste que vous ne pouvez pas comprendre ce que cela fait de se retrouver en haut d'un couloir sur lequel d'autres personnes ont trouvé la mort et de le descendre en s'en sortant indemne. C'est une sensation unique. Indescriptible.

– Vous voulez parler du Killer ?

– Entre autres.

– Vous l'avez descendu ?

– Je préférerais ne pas répondre à cette question.

Je change de sujet.

– Monsieur Hackel, j'ai plusieurs questions à vous poser sur ce qui s'est passé hier et au cours des derniers jours. Même si cette conversation n'est pas enregistrée, tout ce que vous me dites aujourd'hui pourra plus tard être retenu contre vous. Vous comprenez bien ce que je viens de dire ?

– Oui. Allez-y. Je suis fier de mon établissement et des services que j'offre à mes clients. Je n'ai absolument rien à cacher.

– Wayne Chadwick, Bruce Anderson et Emma Crawford ont-ils fait d'autres séjours dans votre chalet avant celui-ci ?

– Non.

– Vous savez comment ils ont obtenu votre adresse ?

– Oui. Ils m'ont dit qu'ils l'avaient trouvée sur Internet. Que des amis leur avaient recommandé le Chalet X.

– Vous savez qui ?

– Non.

– Vous avez eu beaucoup de contacts avec eux depuis leur arrivée ?

– Oui et non. Le chalet est plein en ce moment et j'ai un groupe d'une dizaine de personnes qui me paie également comme guide pour leur organiser des excursions dans la région. Je n'ai pas beaucoup de temps pour mes autres clients.

– Vous pouvez me dire ce que vous pensez d'eux ? Me décrire le genre de comportement qu'ils ont eu quand vous les avez, par exemple, croisés dans votre chalet ?

– Heu… Ils sont dans la moyenne du genre de clients que j'ai d'habitude. Jeunes. Passionnés de sports extrêmes. Branchés jeux vidéo et sorties. Ce genre de choses…

– Avez-vous remarqué quoi que ce soit qui les différenciait des autres clients de ce type ?

– C'est difficile à dire… Comme je vous l'ai dit, je les ai à peine vus depuis leur arrivée… Peut-être qu'ils sont un peu plus snobs que d'autres jeunes de leur âge ? Ce qui est loin d'être un crime. Mais c'est tout.

– Quand ils vous ont appelé du centre médical, lequel d'entre eux vous a parlé ?

– Wayne Chadwick.

– Il avait l'air anxieux, nerveux, perturbé ?

– Non. Au contraire. Il était d'un calme impressionnant.

– Quand vous êtes allé récupérer des affaires de rechange dans leurs chambres, avez-vous remarqué quoi que ce soit d'étrange, d'inhabituel ?

– Non. Il y avait beaucoup de matériel de rechange sur le sol, des cassettes vidéo, des CD, des cartouches de jeux sur leurs lits. Rien d'étrange.

– Quand vous êtes arrivé au centre médical et que vous les avez vus pour la première fois, juste après l'accident, dans quel état étaient-ils ?

– Wayne était toujours très calme. Les deux autres avaient l'air un peu choqués.

– De quelle façon ?

– Ils avaient l'air d'avoir froid et ils ne m'ont quasiment rien dit. C'est Wayne qui a parlé pour eux, qui m'a dit ce qu'il voulait que je fasse exactement.

Il s'arrête net. Pris de court par sa propre stupidité.

Et je le laisse continuer, maintenant certaine que Logan Hackel est loin d'être un pion insignifiant dans cette affaire.

– Heu… Je veux dire… Bien sûr… De ne pas appeler leurs parents, de venir les récupérer en voiture ce matin, ce genre de choses…

Je le regarde s'enfoncer encore plus, en me demandant ce qui a bien pu se passer entre eux à ce moment-là.

– Monsieur Hackel, vous savez que cette affaire risque de finir devant un tribunal ?

– Pardon ?

– Même si la personne grièvement blessée hier après-midi venait à s'en sortir, si mon enquête et/ou celle de l'Armée de l'air canadienne révèlent que les trois skieurs ont d'une façon ou d'une autre contribué aux causes de l'accident, ils sont tous passibles de poursuites judiciaires.

Même sous son bronzage à la limite de la brûlure au deuxième degré, je vois Logan Hackel pâlir devant moi.

– Qu'est-ce que vous voulez dire par « poursuites judiciaires » ?

– Que si leur comportement et les décisions qu'ils ont prises hier après-midi ont mis en danger la vie d'une autre personne, ils peuvent être inculpés de coups et blessures involontaires – voire d'homicide involontaire si la secouriste venait à mourir.

– Vous n'êtes pas sérieuse ?

– Si. Cela fait aussi partie des risques inhérents à toute activité dite « extrême ».

Il déglutit avec difficulté.

– Maintenant, j'aimerais savoir ce que Wayne Chadwick vous a demandé de faire hier soir au centre médical.

– Exactement ce que je viens de vous dire. Rien d'autre.

– Il vous a demandé de rapporter quelque chose au chalet ?

Il hésite.

– Non.

– Vous en êtes sûr ?

– Oui.

Pour la deuxième fois en quelques minutes à peine, je sais qu'il vient de me mentir.

– OK...

Je laisse volontairement un long moment de silence entre nous pour le mettre encore plus sous pression.

– Est-ce que Wayne Chadwick, Bruce Anderson et Emma Crawford vous ont jamais parlé de leur intention d'aller faire du hors-piste sur le Killer ?

– Non.

– Est-ce qu'ils vous ont jamais demandé des renseignements sur cette zone ou sur le Cheakamus en général ?

– Non.

– Est-ce qu'ils vous ont jamais demandé quels étaient les conditions météo ou le risque d'avalanche prévu avant de partir faire du ski ?

– Non plus.

– Est-ce qu'à votre connaissance, ce sont de bons skieurs ? Des skieurs assez expérimentés pour aller s'aventurer sur le Killer ?

Je le sens s'énerver de question en question, ravie que ma tactique donne des résultats aussi rapidement.

– Écoutez. Pour la troisième fois, je ne les connais pas. Je les ai à peine vus depuis qu'ils sont ici ! Ils m'ont payé leurs deux semaines de séjour à l'avance avec une carte American Express Gold, et je leur ai donné accès à tous les services mentionnés sur ma brochure et sur mon site Internet. Dans mon milieu, c'est tout ce qui compte. Le reste, ça ne me regarde pas ! Et entre nous, comparés à d'autres clients que j'ai eus dans le passé, ils étaient bien mieux équipés que la moyenne pour faire face au Killer, si vous voyez ce que je veux dire…

Je résiste avec difficulté.

– Non.

– J'ai vu ce qu'ils avaient sur eux quand ils étaient au centre médical hier soir, et je peux vous assurer qu'ils connaissaient parfaitement bien les risques, qu'ils savaient exactement ce à quoi ils s'exposaient en affrontant le Killer.

– Ce qui est justement le problème.

14.

BASE SAR DE WHISTLER
4315 BLACKCOMB WAY
19:34

Je me gare de nouveau devant la base SAR de Whistler et je sors du véhicule en relevant le col de ma veste. Le soleil de cet après-midi maintenant remplacé par un vent glacial et un ciel bleu nuit brillant d'étoiles. Une fine lune en forme de virgule, comme suspendue au-dessus du mont Whistler.

Je m'avance vers la porte ouverte du hangar – son rectangle de lumière orange en complet contraste avec l'univers de couleurs froides qui l'entoure – et je sens malgré moi mon cœur s'accélérer quand je vois ce qui m'attend à l'intérieur de l'immense local : Nick et une patrouille de SAR, debout devant un hélicoptère de sauvetage rouge et jaune.

Les mots *Rescue/Sauvetage* imprimés en grosses lettres sous la cabine de pilotage.

Le CH-149 dans lequel se trouvait Sarah McKinley hier après-midi.

– Kate ?

Nick se retourne en me voyant approcher et me présente le groupe de secouristes à côté de lui. Quatre hommes encore habillés des pieds à la tête en tenue de haute montagne.

– Kate, voici les membres de la patrouille qui ont bien voulu m'amener sur le versant ouest du Cheakamus, malgré tous les risques que cela impliquait…

Il m'indique chaque individu un par un.

– Steve, chef de patrouille, et ses trois hommes : John, Chris et Brendan.

Puis il enchaîne en me présentant au groupe.

– Agent Kate Kovacs. La personne responsable de l'enquête civile sur l'accident dont a été victime Sarah McKinley.

– Bonsoir…

Je serre la main des quatre hommes tout en continuant.

– … Et merci beaucoup pour votre aide. J'imagine que tout cela ne doit pas être très facile pour vous…

Ils semblent apprécier mon commentaire.

– Vous avez trouvé quelque chose ?

– Oui.

Nick plonge la main dans un sac à dos posé à ses pieds.

– Nous avons retrouvé trois cartouches de fusées de détresse. Vides. Une en haut du Killer et deux autres en bas du couloir.

Je regarde les trois cartouches qu'il me montre, emballées dans de petits sacs plastique transparents. Apparemment de marques différentes.

– Elles ont toutes été tirées ?

– Oui.

– On peut savoir à peu près quand ?

– Oui et non. Celles qu'on a retrouvées en bas avaient l'air beaucoup plus vieilles que celle qu'on a retrouvée en haut du couloir. Mais à ce stade, on ne peut pas vraiment s'avancer beaucoup plus que ça.

Je me tourne vers les quatre secouristes.

– Vous avez une idée du nombre de fusées de détresse qui sont tirées en moyenne sur le Killer chaque année ?

Ils hochent tous les quatre la tête en chœur et c'est Steve qui me répond en premier. La supériorité hiérarchique apparemment aussi importante dans une patrouille civile que militaire.

– C'est impossible à dire, mais le chiffre officiel doit tourner dans les 10-15. Ce qui ne veut pas dire pour autant qu'il n'y en ait pas beaucoup plus. Le Killer est une zone particulièrement isolée et je suis sûr que certaines des fusées tirées dans ce couloir ne nous sont jamais signalées. Soit parce qu'elles ont été tirées dans des conditions météo extrêmes et que personne ne les a vues, soit parce qu'elles n'ont pas fonctionné correctement.

– Cela arrive-t-il souvent ?

– Oui, assez… Si une fusée de détresse est mal stockée, qu'elle est humide ou que sa date limite est dépassée depuis longtemps, elle peut ne pas fonctionner du tout, ou lâcher un signal lumineux à peine visible.

Je me retourne vers Nick.

– Vous avez trouvé autre chose ?

– Non. Mais on y retourne demain. On va essayer de partir le plus tôt possible pour passer un maximum de temps sur le Killer, c'est bien ça ?

Steve acquiesce.

– Oui. La zone est bien plus instable l'après-midi que le matin. Surtout quand il fait beau comme c'était le cas aujourd'hui.

Je me force à poser ma prochaine question aux quatre secouristes.

– Vous avez déjà effectué des missions avec l'équipage dont faisait partie Sarah McKinley ?

De nouveau, il y a un léger malaise général et c'est Steve qui me répond en premier. Après un long silence.

– Oui. Des dizaines de fois. Soit parce qu'ils avaient besoin qu'on évacue quelqu'un qu'ils ne pouvaient pas atteindre, soit l'inverse.

– Et vous pensez qu'il s'est passé quoi, exactement, hier après-midi ?

Je vois Nick baisser les yeux et serrer la mâchoire.

Visiblement, c'est un sujet qu'il a déjà abordé avec eux.

– Vous voulez *vraiment* savoir ce qu'on pense ?

– Oui.

– On pense que vous devriez vous concentrer sur les trois skieurs et non pas sur l'équipage de l'hélico. Parce que je peux déjà vous le garantir. Il n'y a aucune chance que Mike ait fait une erreur de pilotage ou que le reste de son équipage n'ait pas suivi à la lettre toutes les mesures de précaution nécessaires dans ce genre de mission.

Je lève les yeux pour lui indiquer l'hélico posé juste devant moi.

– C'est l'appareil qu'ils ont utilisé hier ?
– Oui. Un CH-149 flambant neuf. Le nec plus ultra en la matière.
– Il est toujours interdit de vol ?
– Oui. Mike, Dan et Andy viennent juste d'être interrogés à Pemberton par une première commission d'enquête. À une vingtaine de kilomètres d'ici. Ils ne devraient pas tarder à rentrer…

Je lève de nouveau les yeux. Comme hypnotisée par l'énorme silhouette de l'hélico qui se découpe sur la tôle ondulée gris clair du hangar.

– Vous voulez voir comment c'est à l'intérieur ? Voir la civière sur laquelle a été évacuée Sarah ?

La question de Steve me prend complètement par surprise et je m'entends lui bredouiller une réponse à la limite du compréhensible.

– Heu… Non… Je n'en ai pas besoin… Je sais déjà comment c'est…

Je sens le regard de Nick braqué sur moi.

Choqué par ma réponse.

Et alors que je réalise la situation impossible dans laquelle je viens de me mettre, je sens mon téléphone portable vibrer et je saute aussitôt sur l'occasion.

– Excusez-moi…

Je pivote et je m'éloigne vers l'un des angles du hangar, dos tourné à l'hélico, avant de décrocher.

– Agent Kovacs.

– Kate ? C'est Petersen.

Je ferme de suite les yeux en entendant la voix du responsable des urgences de St Paul. Terrifiée par ce qu'il est peut-être sur le point de m'annoncer.

– Tu as du nouveau ?

– Oui. Sarah McKinley vient de sortir du coma.

– Complètement ?

– Oui. On vient de lui faire passer toute une batterie de tests et pour l'instant, elle ne semble avoir des difficultés que pour s'exprimer verbalement. Elle comprend parfaitement tout ce qu'on lui dit, elle donne des réponses cohérentes par écrit, mais sa voix est à la limite de l'audible et elle a le plus grand mal à articuler le moindre mot. Mais c'est tout. À part ça, on n'a rien trouvé d'autre.

– Aucun problème de motricité au-dessus des hanches ?

– Non. Elle arrive à coordonner toutes sortes de gestes plus ou moins complexes avec bras, épaules et doigts… Encore très lentement mais sans douleur ou rigidité. À ce stade, on ne pouvait rien espérer de mieux.

– Elle sait pour le reste ?

– Oui. Je lui ai dit… Ce qui n'était pas forcément le meilleur moment de ma carrière…

– Et elle l'a pris comment ?

– Comme quelqu'un qui savait exactement ce que ça voulait dire.

– Tu penses que je peux passer la voir ou que c'est encore trop tôt ?

– Non, viens quand tu veux. Je lui ai déjà parlé de toi, elle sait qui tu es.

J'entends son beeper se déclencher en bruit de fond.

– Désolé, Kate, il faut que j'y aille.

– Pas de problème. Merci de m'avoir appelée.

– De rien.

Je raccroche et je me retourne vers Nick et les membres de la patrouille SAR pour leur annoncer la bonne nouvelle, avant de repartir au plus vite pour Vancouver.

La silhouette de l'hélico sur ma droite toujours aussi terrifiante.

15.

ST PAUL'S HOSPITAL
1081 BURRARD STREET
22:28

Je frappe à la porte de la chambre d'hôpital de Sarah McKinley et je l'ouvre sans attendre de réponse. Consciente qu'elle est à la fois incapable de me dire d'entrer à voix haute ou de venir physiquement m'ouvrir ; mal à l'aise d'avoir ainsi ignoré l'une des règles de base de la vie « normale » : le respect de l'intimité d'autrui.

J'entre dans la chambre et je referme la porte derrière moi en faisant le moins de bruit possible, soulagée que la pièce soit sombre, silencieuse… Qu'elle offre un semblant de protection à la personne alitée dedans. Et alors que je m'avance vers la silhouette de Sarah McKinley, parfaitement immobile dans une lumière tamisée de veilleuse, ses yeux s'ouvrent soudain et se braquent sur moi.

Confus.

Interrogateurs.

D'un vert clair identique à ceux de sa fille.

Je m'approche le plus lentement possible, en enregistrant un maximum de détails sur son état.

Le moniteur cardiaque auquel elle est reliée.

L'oxymètre enveloppé autour de son index droit.

La forme du corset qui pointe sous les draps blancs.

Le tube de cathéter qui descend le long du lit.

Et la pâleur de son visage. Accentuant encore plus les cernes qu'elle a sous les yeux. L'immobilité de son corps. L'intensité de son regard.

Je m'arrête à quelques centimètres à peine de son lit et j'essaie d'ignorer la carte posée contre la lampe de la table de chevet. Un dessin d'enfant plein de couleurs vives et de petits mots doux qui manque de me faire complètement perdre pied.

– Je vous ai réveillée ?

Elle secoue imperceptiblement la tête.

« Non. »

– Mon nom est Kate Kovacs. Je travaille avec la police de Vancouver. Je viens de parler au Dr Petersen qui m'a dit que vous étiez d'accord pour répondre à quelques questions. C'est toujours le cas ?

Clignement d'yeux.

« Oui. »

– Vous en êtes sûre ?

Elle me sourit et bouge lentement son index gauche pour m'indiquer la chaise posée à son chevet.

Je lui souris à mon tour. Impressionnée par la chaleur qu'elle a réussi à mettre dans son accueil malgré le peu de moyens de communication dont elle dispose.

– Merci.

Je m'assois en poussant la chaise le plus près possible de son lit, et je lui laisse quelques secondes pour s'habituer à ma présence avant de continuer.

– Vous voulez boire quelque chose ?

« Non. »

– Vous êtes sûre que je ne vous dérange pas ?

Nouveau sourire.

« Non. »

Je la vois bouger les doigts de sa main gauche et je comprends tout de suite ce qu'elle veut.

Je sors un bloc de papier de mon sac, je le pose sur le bord du lit juste à côté d'elle et je place un stylo entre son pouce et son index.

Elle ajuste légèrement la position de sa main et se met à écrire. En fermant les yeux pour mieux se concentrer sur les mots qu'elle ne peut pas voir à cause du corset qui maintient sa colonne vertébrale immobile du bassin jusqu'aux aisselles.

Et quand je vois la question se former sous mes yeux – *Comment vont les trois skieurs ?* –, il me faut faire des efforts pour y répondre de façon détachée. Parce qu'elle n'a bien sûr encore aucune idée de ce qui s'est vraiment passé hier après-midi sur le Cheakamus.

– Bien. Ils vont bien. Ils s'en sont sortis tous les trois indemnes. Sans la moindre égratignure.

Elle ouvre les yeux et je la vois former un mot avec les lèvres. Un mot à peine audible. Prononcé d'une voix faible, enrouée, mal contrôlée :
– Sûre ?
Je ne peux m'empêcher de sourire à nouveau.
– Sûre.
Elle semble se détendre un peu et enfonce la tête dans son oreiller.
– Si vous voulez vous reposer, il n'y a aucun problème. Je peux revenir demain…
Elle se remet à écrire sur le bloc de papier.
Non. C'est bon. Allez-y.
– OK… Je vais essayer de formuler chacune de mes questions afin que vous puissiez y répondre par oui ou par non. Mais si jamais vous avez le moindre problème, faites-le-moi savoir… Faites-moi n'importe quel signe et je m'arrêterai tout de suite.
Nouvelle tentative de parole.
Un « OK » silencieux que je lis sur ses lèvres.
– Le Dr Petersen m'a dit que vous vous souveniez de l'accident en détail. C'est exact ?
« Oui. »
Il y a soudain de la terreur dans ses yeux et j'enchaîne le plus vite possible.
– Est-ce que vous avez remarqué quoi que ce soit d'inhabituel alors que vous étiez à bord de l'hélico ?
« Non. »
– Votre équipement était-il en bon état ?

« Oui. »
– Harnais ?
« Oui. »
– Civière ?
« Oui. »
– Rien à signaler de ce côté-là ?
« Non. »
J'ai du mal à entrer dans le vif du sujet. À lui faire revivre le moment exact où sa vie a basculé de façon irréversible.
– Docteur McKinley…
Elle m'arrête en tapotant le bloc de papier avec le pouce et écrit son prénom dessus.
Sarah.
– Sarah…
Je me passe la main dans les cheveux. Déstabilisée par ce nouveau degré d'intimité.
– Sarah, j'ai besoin de savoir ce qui s'est passé au moment des différents impacts.
Elle me regarde droit dans les yeux.
La tension nerveuse visible dans la façon dont elle serre le stylo entre ses doigts, dont elle raidit ses épaules.
– C'est OK ?
« Oui. »
– J'ai parlé à votre coéquipier, Andy Gutierrez, et il semblerait que vous ayez été en contact plusieurs fois avec la paroi rocheuse. Correct ?

« Oui. »

– Vous vous souvenez du nombre de fois ?

Elle me répond en écartant les doigts de la main gauche, le stylo encore coincé entre le pouce et l'index, avec une dextérité qui semble confirmer le diagnostic optimiste de Petersen.

– Deux fois ?

« Oui. »

Je laisse un petit blanc avant d'enchaîner. La tension de plus en plus difficile pour moi aussi.

– Vous avez heurté votre tête et votre dos en même temps contre la paroi, pendant le même impact ?

« Non. »

– Le dos en premier ?

« Oui. »

Elle déglutit avec difficulté.

– Vous voulez que j'arrête ?

« Non. »

– Quand votre dos a heurté la paroi, vous avez de suite réalisé l'ampleur de ce qui venait de vous arriver ?

« Oui. »

– Vous avez perdu de suite toute sensation dans les deux jambes ?

« Oui. »

À mon tour de déglutir avec difficulté.

– La civière a-t-elle joué un rôle dans cet impact et dans le suivant ?

« Oui. »

– Vous n'avez pas réussi à la stabiliser quand l'hélico a dû décrocher de sa position de surplace ?

« Non. »

– C'est elle qui vous a plaquée contre la paroi ?

Elle hésite.

– Je veux dire, c'est le poids et le mouvement de la civière qui vous ont poussée contre la paroi ?

« Oui. »

– Les deux fois ?

« Oui. »

– Sans civière, vous pensez que le type d'impact aurait été identique ?

Elle ferme les yeux.

« Non. »

– Moins grave ?

« Oui. »

Je réalise en même temps qu'elle la portée de ce qu'elle vient de me dire. Parce que c'est elle qui a insisté pour descendre avec une civière dès la première approche au cas où l'un des skieurs soit grièvement blessé.

– OK…

Elle ouvre de nouveau les yeux, et pour la première fois, je la sens au bord des larmes.

Vidée. Physiquement et émotionnellement.

– Vous voulez qu'on arrête ?

« Non. »

Je la regarde un long moment et j'aimerais pouvoir lui dire que tout va aller. Que les risques qu'elle a pris étaient justifiés. Mais je sais qu'elle apprendra tôt ou tard que ce n'est pas le cas. Et le sentiment que j'ai à ce moment précis est l'un des pires que j'aie jamais ressentis de ma vie.

Je me reprends vite et j'essaie d'abréger.

– Il me reste encore deux ou trois questions. Vous pensez pouvoir tenir pendant quelques minutes de plus ?

« Oui. »

– J'ai besoin de savoir si vous avez réussi à établir un contact visuel avec les trois skieurs quand vous étiez suspendue au câble de l'hélicoptère ?

« Oui. »

– Avant et après les deux impacts ?

« Oui. »

– Vous avez réussi à bien les voir ?

Elle fait « comme ci comme ça » avec la main.

– Assez bien pour voir ce qu'ils portaient ?

« Oui. »

– OK… Je vais vous donner une brève description des trois personnes en question. Vous pouvez me confirmer si ce sont bien elles que vous avez vues ?

Elle a l'air surprise.

« Oui. »

– Ils avaient bien tous une vingtaine d'années ?

« Oui. »

– Il y avait un jeune homme. 1,80-1,90 m… Cheveux blonds coupés en brosse. Anorak noir. Pantalon gris ?

« Oui. »

– Une jeune fille. Longs cheveux blonds en queue-de-cheval. Anorak bleu. Pantalon orange ?

« Non. »

Je m'arrête net.

– Non ?

Elle tapote sur le bloc de papier et je pose sa main sur un bout de page encore vierge.

Ank. Rge.

Je note le style sténo. Le fait qu'elle est maintenant au bord de l'épuisement.

– Elle avait un anorak *rouge* ?

« Oui. »

– Vous en êtes sûre ?

« Oui. »

– Et l'autre garçon était bien un peu moins baraqué ? Avec des cheveux bruns, courts, ébouriffés ?

« Oui. »

– Vous vous souvenez de ce qu'il portait ?

Je me mords la lèvre en réalisant que je viens de la forcer à écrire de nouveau.

Ak. ble./P. blc.

– Il portait un anorak bleu et un pantalon blanc ?

« Oui. »

– OK. Merci. C'est bon. Je suis vraiment désolée… Vous devez être épuisée…

Je me lève et je la vois me faire un signe de la main, complètement différent des précédents.

Bien plus violent.
Bien plus urgent.
– Vous avez besoin de quelque chose ?
« Non. »
– Vous voulez que j'appelle une infirmière ?
« Non. »
Je sens sa frustration monter avec chaque nouvelle question et je pose ma main sur son épaule en entendant le « bip » de son moniteur cardiaque s'emballer.
– C'est bon… Prenez tout votre temps…
Elle se calme un peu.
– Vous avez quelque chose d'autre à me dire, c'est ça ?
« Oui. »
– Pas de problème… Je ne suis pas pressée… Allez-y…
J'arrive à la faire sourire. Et le « bip » de son moniteur cardiaque se remet lentement en vitesse de croisière.
– Ça va mieux ?
« Oui. »
Je la regarde lutter contre son propre corps. Essayer de gérer les restrictions absurdes auxquelles il a été brusquement soumis. Et je ne peux qu'imaginer le parcours qui l'attend dans les semaines et dans les mois qui viennent. Les milliers de choses auxquelles il va falloir qu'elle s'adapte… Et tous les moments d'impuissance qui vont aller avec…
– Vous avez remarqué quelque chose d'autre ?

« Oui. »
– À l'intérieur de l'hélico ?
« Non. »
– À l'extérieur ?
« Oui. »
– Sur l'appareil même ?
« Non. »
– Sur la paroi ?
« Non. »
– Sur les skieurs ?
« Oui. »
Je m'arrête, prise de court, confrontée à un nombre de scénarios possibles trop élevé.
– Je suis désolée… Il va falloir que vous m'aidiez de nouveau…
Elle se concentre et essaie une nouvelle fois de communiquer avec moi par la parole. Son cerveau luttant pour arriver à coordonner les différents éléments nécessaires.
Voix. Mots. Respiration.
Les sons émis par ses cordes vocales toujours à la limite de l'audible et du compréhensible.
– Lumière… Rouge…
– Vous avez vu une lumière rouge ? Sur les skieurs ? Près des skieurs ?
« Oui. »
– Elle était comment ? Vous pouvez me la décrire ?
Elle dessine un petit point de la taille d'une tête d'épingle.

– Un peu comme le faisceau d'un laser ?

« Oui. »

– Elle était plus près d'un des trois skieurs en particulier ?

« Oui. »

– Lequel ?

Elle dessine un cercle posé sur une croix.

Le symbole du sexe féminin.

– Vous avez vu une lumière rouge près de la fille ?

« Oui. »

Et pour la première fois je la vois réagir violemment à une vague de douleur : yeux plissés ; doigts qui se crispent sur le stylo.

– OK... C'est bon... Merci. Vous venez de me donner plusieurs informations que nous n'avions pas du tout et je sais que cela n'a pas été facile pour vous. Vraiment. Merci.

Elle gribouille deux lettres sur le bloc de papier.

DR.

– DR ?

Je la regarde et en voyant la petite lueur qu'il y a dans son regard, je comprends enfin ce qu'elle a voulu me dire.

– De rien ?

« Oui. »

Et je reste un long moment debout à côté d'elle sans rien dire. Ma main posée sur son épaule. Pour bien lui faire comprendre que je n'étais pas seulement là pour lui poser des questions.

16.

SAMEDI 16 NOVEMBRE

CRYSTAL LODGE
4154 VILLAGE GREEN
01:48

Je rentre dans la chambre d'hôtel après plus de deux heures de route et je pose mes clés sur la table de chevet.
Les yeux brûlants de fatigue.
Les épaules lancinantes de douleur.
Je pose le pouce et l'index sur l'interrupteur de la petite lampe posée près du lit et j'attends un long moment avant d'exercer la moindre pression dessus. Le silence et la pénombre qui m'entourent apaisants… Rassurants… Et quand le filament de l'ampoule se met enfin à grésiller, mes yeux repèrent immédiatement l'objet posé sur la housse de couette devant moi.
Intrus.
Je m'approche du lit et j'attrape la grosse enveloppe, les yeux fixés sur le Post-it collé sur l'emballage en papier kraft.

Document laissé pour vous à la réception par le sergent Strickland. IMPORTANT. La direction.

Je repose l'enveloppe sur le lit en sentant la petite cassette placée à l'intérieur et j'enlève ma parka et ma veste polaire en maudissant les bretelles de mon sac entortillées dans l'une des manches qui m'obligent à faire beaucoup plus de mouvements que nécessaire. Mon épaule gauche protestant sous la violence et la maladresse de mes gestes.

Puis je ferme les rideaux de la chambre, j'enlève mes chaussures et je sors le dictaphone de mon sac – frustrée de voir au passage le chiffre 02:00 basculer sur l'écran du radio-réveil ; consciente que ma nuit s'apprête à être encore plus courte que prévue.

J'empile deux oreillers l'un sur l'autre et je m'assois sur le lit en me calant bien le dos contre le mur avant d'ouvrir l'enveloppe.

Je sors la petite cassette qu'elle contient et je la fais glisser dans le dictaphone tout en jetant un coup d'œil au dossier d'une trentaine de pages qui l'accompagne – une transcription des conversations échangées à bord du CH-149 pendant la mission d'hier après-midi.

Rapport préliminaire d'accident.
Mission : #101402-G3
Type d'appareil : CH-149
DOCUMENT CONFIDENTIEL
Copie : Agent K. Kovacs.

Puis je place une paire d'écouteurs sur mes oreilles et j'appuie enfin sur la touche PLAY. Le cœur battant. Trop fatiguée pour ne serait-ce qu'essayer de lutter contre l'appréhension qui est en train de me gagner. Et sans la moindre transition, une voix d'homme vient briser le silence.

—

« Document audio confidentiel.
Propriété de l'Armée de l'air canadienne.
Conversations échangées à bord du CH-149 du SAR de Whistler – Mission #101402-G3
Équipage : lieutenant Mike Savage, sergent Dan Strickland, docteur Sarah McKinley et Andy Gutierrez.

—

Extrait numéro 1 : 16:01-16:08. »

—

Le fond sonore se met à grésiller et je ferme les yeux en entendant la voix de Sarah McKinley. Prise de court en l'entendant s'exprimer normalement pour la première fois.

—

« McKinley : Vous les avez en visuel ?
Strickland : Affirmatif. Nord. Nord-Ouest. 500-600 mètres au max.
McKinley : Bien reçu.
< bruit de porte latérale d'hélicoptère qui s'ouvre >
Gutierrez : Visuel confirmé. On les a aussi à l'arrière.
McKinley : Vous pouvez vous mettre en position ?
Savage : Affirmatif. Donnez-nous deux-trois minutes.
McKinley : Bien reçu.

Gutierrez : Aucun problème pour hélitreuiller ?
< sons d'alarmes qui se déclenchent dans le cockpit >
Gutierrez : Mike ?
Strickland : Limite. On vient juste d'enregistrer une rafale à 32 km/h.
Gutierrez : Tu veux qu'on avorte ?
McKinley : Négatif. On est encore largement dans les normes.
Savage : Sarah, ça secoue pas mal dehors. On est loin de pouvoir te garantir une descente sans à-coups.
McKinley : C'est bon. Pas de problème. J'ai l'habitude.
Savage : Sûre ?
McKinley : Sûre.
Gutierrez : Comment vous comptez négocier l'angle de la paroi ?
Savage : Je peux me mettre en position de surplace juste au-dessus. Mais vous allez être obligés de travailler en aveugle. Objections ?
Gutierrez : Non. Aucune.
McKinley : Aucune.
Strickland : Vous avez réussi à bien voir les skieurs ?
Gutierrez : Négatif. Juste qu'ils étaient trois. Et vous ?
Strickland : Négatif aussi.
Savage : Je vais refaire un passage. Juste au cas où. Dan, concentre-toi sur eux.
Strickland : OK. Bien reçu.

< bruit métallique >
GUTIERREZ : Descente avec civière ?
MCKINLEY : Affirmatif.
SAVAGE : Négatif.
< nouveaux sons d'alarmes dans le cockpit >
STRICKLAND : Décidez-vous rapidement. Celle-là était à 40.
SAVAGE : Sarah, je préférerais que tu descendes sans civière.
MCKINLEY : Pourquoi ?
SAVAGE : Parce que les conditions de vol sont loin d'être idéales. Fais une première approche sans, et on avisera après. OK ?
< long silence >
MCKINLEY : OK. Bien reçu. Descente sans civière.
GUTIERREZ : Descente sans civière confirmée.
< bruit de moteur d'hélico qui ralentit >
STRICKLAND : Merde…
MCKINLEY : Dan ?
STRICKLAND : J'ai vu un des skieurs nous faire signe. Bras croisés en l'air. Ils ont besoin d'aide.
< long silence >
MCKINLEY : Mike ?
SAVAGE : Je continue à penser que c'est trop dangereux de descendre avec une civière.
MCKINLEY : Sans nous, ils risquent de se retrouver bloqués pour la nuit… On ne peut pas les laisser là où ils sont sans rien faire.

Savage : Gutierrez ?

Gutierrez : Je pense comme Sarah. Vu l'avalanche qu'il y avait dans le couloir, il y a un risque élevé qu'au moins l'un d'entre eux soit grièvement blessé.

McKinley : Comment sont les prévisions météo pour les heures qui viennent ?

Strickland : Chutes de neige et vent violent.

McKinley : Raison de plus.

< long silence >

McKinley : Mike ?

Savage : OK. C'est comme tu veux.

McKinley : Merci. Descente avec civière.

< bruit métallique >

Gutierrez : Descente avec civière confirmée ?

McKinley : Confirmée.

Strickland : Confirmé dans le cockpit.

Savage : Vous pouvez y aller dès que vous êtes prêts.

Gutierrez : OK. Bien reçu.

—

Extrait numéro 2 : 16:10-16:16

—

< grincements de treuil >

Gutierrez : Tu les as en visuel, Sarah ?

McKinley : Affirmatif. Ils ont l'air d'être tous les trois mobiles. Apparemment OK.

Gutierrez : T'es à combien d'eux ?

McKinley : 10-15 mètres. Au max.

Savage : Comment sont les conditions ?

McKinley : Moyennes. Visibilité parfaite. Rafales de vent assez fortes. Câble OK.
Savage : Tu nous dis si tu veux qu'on avorte…
McKinley : Bien reçu. Négatif. Ça passe encore…
< violente rafale de vent >
Gutierrez : Tu veux que j'accélère un peu la vitesse de descente ?
McKinley : Si tu peux… »

—

Pour la première fois, il y a un brin d'appréhension dans la voix de Sarah McKinley et dans celle d'Andy Gutierrez.

—

« Gutierrez : C'est bon comme ça ?
McKinley : Affirmatif.
< violente rafale de vent >
< bruit métallique >
Gutierrez : Sarah ?
< pas de réponse >
Gutierrez : Sarah ? Qu'est-ce qui s'est passé ?
McKinley : Rien.
Gutierrez : Sarah ?
McKinley : La civière a juste heurté la paroi. Rien de grave.
Savage : OK. C'est bon. On avorte.
McKinley : Pas question ! J'y suis presque. Donnez-moi deux-trois minutes de plus.
Savage : Négatif.

< nouveaux sons d'alarmes dans le cockpit >
STRICKLAND : Merde… Merde…
< violentes vibrations >
GUTIERREZ : Qu'est-ce qu'il y a ?
MCKINLEY : Qu'est-ce qui se passe ?
SAVAGE : Turbulences ! Je répète. Turbulences !
< les vibrations s'amplifient >
SAVAGE : Sarah ! Accroche-toi ! Fais gaffe !
STRICKLAND : Rafale à 48 km/h. Gutierrez, remonte-la ! Grouille-toi ! Dépêche-toi !
GUTIERREZ : Sarah, décroche la civière ! Je répète. Défais ton harnais et déleste-toi de la civière !
MCKINLEY : Je ne peux pas ! Les trois skieurs sont juste en dessous de moi.
GUTIERREZ : Merde…
SAVAGE : McKinley ! L'appareil est incontrôlable. Il faut que je décroche.
GUTIERREZ : NON !
SAVAGE : Sarah, je suis désolé.
MCKINLEY : Bien reçu. »

—

Je sens des larmes monter dans ma gorge en entendant le dernier échange. La voix de Mike Savage pleine de détresse. Celle de Sarah McKinley. Résignée. Stoïque. Parfaitement consciente de ce que les paroles du pilote de l'appareil impliquent.

Et j'écoute la suite les yeux fermés. Les doigts crispés sur le dictaphone.

—
« Extrait numéro 3 : 16:18-16:21.
—

< cacophonie d'alarmes, de vibrations, de grincements, de rafales de vent... >
SAVAGE : Décrochage immédiat ! Je répète. Décrochage immédiat !
< bruit sourd >
< hurlement de douleur >
GUTIERREZ : Sarah !
< nouveau bruit sourd >
GUTIERREZ : Sarah ! Accroche-toi ! Tiens bon !
< grincements de treuil >
GUTIERREZ : Sarah ? Dis quelque chose ! Parle-nous !
< gémissements de douleur >
GUTIERREZ : Sarah ?
STRICKLAND : Sarah ? Tu nous reçois ?
< à peine audible >
MCKINLEY : Blessée...
GUTIERREZ : Sarah, tu es blessée où ?
MCKINLEY : Dos...
GUTIERREZ : Mike ?
SAVAGE : C'est bon, Sarah... On est de nouveau en zone stable... On t'évacue de suite... Tiens bon...
STRICKLAND : CH-149 à base... Je répète CH-149 à base...
MCKINLEY : Jambes...
GUTIERREZ : Sarah ?

< pas de réponse >
GUTIERREZ : Sarah ? Tu nous entends ?
STRICKLAND : Sarah ?
SAVAGE : Dan, dis à la base qu'on a un blessé grave à évacuer direct à Vancouver et préviens les urgences de St Paul.
STRICKLAND : Bien reçu.
GUTIERREZ : Sarah ? Tu es blessée aux jambes, c'est ça ?
< long silence >
STRICKLAND : Sarah ?
GUTIERREZ : Sarah, s'il te plaît… Réponds-nous…
< à peine audible >
MCKINLEY : Affirmatif…
GUTIERREZ : Qu'est-ce que tu ressens ? Fracture ? Hémorragie ?
MCKINLEY : Non… Rien…
< à peine audible >
MCKINLEY : Sensation… Aucune… »

—

Je passe la manche de mon T-shirt sur mon visage pour essuyer les larmes qui coulent maintenant dessus et j'arrête le dictaphone, incapable d'écouter ne serait-ce qu'une seconde de plus d'enregistrement.

Je me lève et je pose le petit appareil sur la table de chevet, le corps tout entier secoué de frissons. Je traverse la pièce et je monte le thermostat du radiateur à fond, le souffle d'air chaud rendant l'atmosphère autour de moi encore plus insupportable. Suffocante. Étouffante… Puis je me rallonge sur le lit pour essayer d'imaginer ce que Sarah McKinley a bien pu ressentir alors qu'elle était évacuée sur Vancouver.

Et immédiatement, des images qui n'ont rien à voir avec cette réalité se mettent à flasher dans mon esprit.

Parce que je ne sais que trop bien ce que cela fait d'être sanglée à une planche dorsale à l'intérieur d'un hélico.

Incapable d'articuler le moindre mot.

17.

CRYSTAL LODGE
4154 VILLAGE GREEN
08:10

J'attrape le cappuccino que me tend Keefe et je le pose devant moi sur la table de réunion en gardant les deux mains collées dessus. Encore plus impatiente que n'importe quel autre matin de boire ma première tasse de café de la journée.
– Merci.
– Ça va ? T'as l'air crevée…
J'essaie de bluffer.
– Oui. La soirée d'hier n'a pas été facile. C'est tout.
– Tu es rentrée à quelle heure ?
– Deux heures.
Il s'assoit à côté de moi et pose deux autres tasses sur la table – une pour lui et une pour Connie – avant d'enchaîner.
– Tu as réussi à lui parler ?
– Oui. Même si « parler » est un bien grand mot vu qu'elle peut difficilement articuler plus que quelques sons.

Il hésite.
– T'as fait comment ?

J'avale plusieurs gorgées de café brûlant pour gagner du temps en jetant un coup d'œil vers Connie, toujours au téléphone dans le coin de la pièce, et en la suppliant mentalement de raccrocher le plus vite possible pour pouvoir commencer le meeting et ne plus avoir à esquiver les questions de Keefe.

– Je lui ai posé un maximum de questions auxquelles elle pouvait répondre par oui ou par non. Et pour le reste, on s'est débrouillées avec des gestes et quelques mots par écrit.

– Elle comprenait tout ce que tu lui disais ?
– Oui.
– Mais elle ne pouvait pas te répondre verbalement ?
– Non.

Il grimace en réalisant la frustration qu'une telle situation doit représenter.

– Tu penses qu'elle a complètement perdu l'usage de la parole ? Je veux dire… Pour de bon ?

– C'est encore impossible à dire. Dans certains cas, les personnes qui souffrent de ce type de problème en sortant du coma retrouvent un usage plus ou moins normal de la parole après des séances de rééducation vocale. Dans d'autres, la partie du cerveau qui contrôle cette fonction est irréparablement endommagée.

– Tu veux dire qu'elle risque d'avoir à *réapprendre* à parler ?

– Oui. Ça, ou avoir à s'exprimer pour le reste de sa vie avec une combinaison de gestes et de sons plus ou moins intelligibles.

– En plus de tout le reste ?

– Oui.

J'entends Connie raccrocher derrière nous et je me retourne pour lui faire face, soulagée de pouvoir enfin changer de sujet.

– Tu as du nouveau ?

Elle s'approche de nous, un calepin à la main.

– Oui. Le labo a trouvé des traces de poudre dans les prélèvements que j'ai faits sur les gants et sur l'anorak de Wayne Chadwick. Elles correspondent exactement à la composition chimique des fusées de détresse qu'il avait dans son sac. Sauf bien sûr que celles qu'on a retrouvées étaient neuves…

– Il avait donc une ou plusieurs autres fusées de détresse sur lui, dans son anorak ?

Connie ne me répond pas tout de suite.

– C'est possible… Mais les traces pouvaient aussi venir des fusées que contenait la boîte ouverte que j'ai retrouvée dans son sac à dos. Il peut très bien nous dire que c'est l'une de ces fusées qu'il a touchée…

Keefe secoue la tête. Écœuré.

– Tu penses qu'il a fait exprès d'ouvrir la boîte neuve pour couvrir toute trace de poudre qu'on pourrait trouver sur lui ?

– Possible… Mais il y a pire…

Connie attrape un marqueur et se met à dessiner un long rectangle vertical sur le tableau blanc.

– Vous vous souvenez des deux cartouches vides que Nick et la patrouille SAR ont trouvées hier après-midi en bas du Killer ? Elles étaient toutes les deux rouillées et étaient probablement là depuis des mois, voire des années…

Elle dessine deux croix en bas du rectangle.

– Eh bien, elles ne correspondent pas du tout au modèle ou à la marque des fusées de détresse que les trois skieurs avaient sur eux avant-hier. Par contre, celle qu'ils ont retrouvée en *haut* du Killer…

Elle dessine une croix à l'extrémité nord du rectangle.

– … est exactement du même modèle.

Il me faut plusieurs secondes pour comprendre ce qu'elle est en train de nous dire. Une lenteur que je mets sur le compte du manque de sommeil.

– Tu veux dire qu'ils ont tiré une ou plusieurs fusées de détresse avant même de descendre le Killer ? Au cas où il leur arrive quelque chose ?

– Ça, ou ils n'ont pas descendu le Killer ensemble comme ils te l'ont dit… Et l'un d'entre eux a déclenché l'alerte du haut du couloir en voyant l'un de ses amis se faire emporter dans une coulée d'avalanche.

J'attrape mon portable et j'appelle Nick en espérant qu'il soit encore dans une zone couverte par le réseau.

La série de sonneries sans réponse agaçante dans mon oreille... Mon degré de patience apparemment lui aussi affecté par le manque de sommeil.

—Détective Ballard.

—Nick, c'est Kate. Tu as deux minutes ? Je peux te parler ?

—Oui. C'est bon. Vas-y. On est encore à l'intérieur du domaine skiable.

Sa voix est difficile à entendre. Couverte par un voile de grésillements.

—Tu te souviens de la cartouche que vous avez trouvée hier en haut du Killer ?

—Oui.

—Elle était *dans* ou *en dehors* de la coulée d'avalanche ?

—Complètement en dehors. À une bonne centaine de mètres au-dessus du départ de la coulée.

—Tu en es absolument sûr ? Il n'y a aucune possibilité que les trois cartouches aient été mal étiquetées par accident ?

—Non. Aucune. Cartouche neuve en haut du couloir. Cartouches rouillées en bas. Sûr à 100 %. Pourquoi ?

—Parce que celle du haut correspond au type de fusée de détresse que les trois skieurs avaient sur eux.

—Exactement ?

—Oui.

—Vous vous rendez bien compte de ce que ça veut dire ?

– Oui. Tu vois les choses comment, toi, vu que tu es le seul d'entre nous à avoir pu visualiser la scène sur le terrain ?

– Deux scénarios. 1) Ils ont tiré une ou plusieurs fusées de détresse avant même de descendre le Killer par mesure de précaution ou pour le fun… 2) L'un d'entre eux s'est dégonflé au dernier moment, est resté sur place en haut du Killer pendant que son pote descendait le couloir et a donné l'alerte en voyant son ami se faire emporter dans une coulée d'avalanche. Le tout avec différentes variations possibles : plus d'une personne restée en haut du couloir et/ou emportée par la coulée, etc.

– OK. On est bien d'accord. Tu peux continuer à faire des recherches en haut et en bas du couloir ? Au cas où ils aient tiré une autre fusée après l'avalanche ?

– Pas de problème. Tu veux aussi qu'on essaie de faire des recherches dans la coulée même ? Pour voir si on peut retrouver quelque chose qui leur appartienne dedans, qui prouverait qu'ils nous ont effectivement bien menti ?

– Bonne idée. Mais même chose qu'hier.

– Je sais. Ne t'inquiète pas. Pas de risque inutile. On fait gaffe. On n'a que quelques heures devant nous de toute façon. Steve veut qu'on rentre avant midi. La zone du Killer est apparemment encore plus instable aujourd'hui qu'hier.

– OK. À plus. Bon courage.

– Merci.

Je raccroche et je refais face à Connie et à Keefe.

– Nick est d'accord avec nous. Tout semble indiquer que les trois skieurs nous ont bien menti sur à peu près tout… Keefe, est-ce que tu peux téléphoner au Chalet X et t'assurer que Wayne, Bruce et Emma se rappellent bien qu'ils doivent passer faire leur déclaration officielle ici vers 10:00 ?

– Déjà fait.

– Excellent.

– Du nouveau, côté sites Web ?

– Non. À moins d'avoir un mot de passe valide, je crois qu'on peut laisser tomber cette piste-là pour l'instant.

– OK…

J'enchaîne le plus vite possible pour ne pas rester sur une note négative.

– Connie, est-ce que tu peux bosser avec Keefe et essayer d'obtenir à nouveau un mandat pour fouiller le Chalet X en utilisant les résultats du labo comme nouvelles « preuves » ? Est-ce que vous pouvez aussi contacter les enquêteurs de l'Armée de l'air et leur demander de nous envoyer leur rapport préliminaire le plus vite possible ? Sarah McKinley m'a dit qu'elle pensait avoir vu une lumière rouge près des trois skieurs alors qu'elle essayait de les atteindre… Une lumière de style laser… Elle pouvait très bien être en train d'halluciner à ce moment-là, mais elle avait l'air d'être plutôt sûre d'elle… Il est possible que les trois jeunes aient eu sur eux du matériel électronique qui ait pu provoquer des interférences à bord du CH-149… Enfin, j'aimerais que vous repassiez en revue absolument tous les éléments qu'on a pour l'instant – en essayant d'établir un pourcentage de probabilité pour tous ceux sur lesquels planent encore des points d'interrogation. J'aimerais que vous vous concentriez en particulier sur les vêtements des trois jeunes. Toujours d'après ce que Sarah m'a dit hier soir, il semblerait que Bruce et Emma aient échangé leurs anoraks entre le moment où ils étaient en bas de la paroi rocheuse et celui où ils ont été évacués par voie terrestre. OK ?

Ils me répondent tous les deux en chœur.

– OK.

Et alors qu'ils se mettent au travail, je passe dans la pièce d'à côté pour me préparer aux trois interrogatoires qui m'attendent. En décidant de commencer par celui de Wayne Chadwick.

18.

CRYSTAL LODGE
4154 VILLAGE GREEN
10:00

— Asseyez-vous.

Wayne Chadwick prend place sur la chaise que je viens de lui indiquer. Les mains dans les poches. La largeur de ses épaules accentuée par le pull qu'il porte. Mailles épaisses. Logo The North Face bien en évidence sur la poitrine.

Je branche le dictaphone au milieu de la table qui nous sépare et j'ouvre un dossier devant moi.

Deux gestes auxquels il ne réagit absolument pas.

— Est-ce que vous pouvez confirmer votre nom et votre prénom, s'il vous plaît ?

— Oui. Nom : Chadwick. Prénom : Wayne.

— Merci. Vous pouvez aussi confirmer que vous êtes bien ici de votre plein gré et que vous savez que tout ce que vous me dites aujourd'hui peut être plus tard retenu contre vous ?

– Oui. Mon avocat m'a tout bien expliqué.

Il sourit en me voyant lever les yeux de surprise.

– Il devrait être ici… Je dirais… D'ici une demi-heure, trois quarts d'heure… La dernière fois que je lui ai parlé, il était déjà sur la route.

– Et il vous a conseillé de me parler ? Sans être présent ?

Il éclate de rire.

– Bien sûr que non ! Mes parents ne le paient pas une véritable petite fortune pour me donner des conseils aussi stupides. Il s'est égosillé à me dire de ne pas vous parler avant son arrivée. Mais je pense que je suis assez grand pour prendre ce genre de décision tout seul. Qu'en pensez-vous ?

Je ne lui réponds pas. À la place, je sors l'une des photos que Nick a prises de la coulée d'avalanche sur le Killer et je la fais glisser sur la table pour que Wayne puisse bien la voir.

– Est-ce que vous reconnaissez cet endroit ?

– Oui. C'est l'endroit où on s'est paumés hier. Un couloir connu sous le nom de « Killer ».

– Vous pouvez me dire ce qui vous est arrivé avant-hier, alors que vous étiez sur cette zone avec vos deux amis, Bruce Anderson et Emma Crawford ?

– Je vous ai déjà tout raconté quand vous êtes venue nous voir à la clinique hier. Je n'ai pas l'intention de recommencer. Vous n'avez qu'à réécouter votre cassette.

Je récupère calmement la photo de la coulée d'avalanche et je la remplace par une photo de la boîte de fusées de détresse que Wayne avait sur lui.

– Vous reconnaissez cet emballage ?

– Oui. Il ressemble à celui que j'avais dans mon sac à dos.

– Vous aviez combien de fusées de détresse sur vous quand vous vous êtes « perdus » sur le Cheakamus avant-hier ?

Il fait semblant de regarder attentivement le cliché.

– On dirait qu'il y a écrit « 3 » sur la boîte…

– Vous voulez dire que vous aviez trois fusées de détresse sur vous ?

– Oui. Sauf si le fabricant a fait de la publicité mensongère sur son emballage.

– Vous n'aviez donc aucune autre fusée de détresse supplémentaire sur vous ? Dans vos poches ? Dans votre sac à dos ?

– Non.

– Vous pouvez me dire pourquoi la boîte qui se trouvait dans votre sac était ouverte ?

– Parce que juste après l'avalanche, quand on s'est retrouvés en bas du Killer, Bruce et Emma voulaient absolument tirer une balise de détresse. Ils flippaient tous les deux comme des malades. Alors, j'ai ouvert une boîte pour bien leur montrer que c'étaient des fusées à n'utiliser qu'en cas de situation extrême. J'en ai même sorti une pour leur montrer ce qui était écrit dessus.

– Vous portiez des gants à ce moment-là ?

– Oui. Je me vois difficilement le faire à mains nues alors qu'il devait faire – 2 ou – 4.

– Vous savez combien de fusées de détresse Bruce et Emma avaient sur eux ?

– Je dirais trois chacun aussi, mais ce n'est pas moi qui ai préparé leurs sacs. Il me semble que ce serait plutôt à eux que vous devriez poser cette question.

Je continue à garder mon calme et je sors l'ARVA que Connie a acheté hier pour le montrer à Wayne, tout en le gardant entre les mains.

– Vous savez ce que c'est ?

Il réagit pour la première fois en me voyant sortir l'objet de mon sac. En clignant nerveusement des yeux plusieurs fois.

– Oui. C'est un ARVA. On en avait aussi un sur nous.

– Vous savez à quoi ça sert ?

– Naturellement. À localiser des victimes enfouies dans des coulées d'avalanche.

– Vous en avez déjà utilisé un ? Je veux dire, en mode de recherche ?

– Non.

– Vous en êtes sûr ?

– Oui. Ceux qu'on portait sur nous étaient tous les trois en position d'émetteur quand l'avalanche a eu lieu. Mais on n'a jamais eu besoin de chercher qui que ce soit d'enseveli.

– Vous êtes partis avec des piles neuves avant-hier ?

– Oui. En tout cas, le mien en avait.

– Vous confirmez donc qu'aucun d'entre vous n'a jamais été pris dans une avalanche alors que vous étiez sur le Cheakamus ?

– Oui. On vous l'a déjà dit hier.

– Mon problème, c'est que tout semble indiquer le contraire.

– « Tout » ?

Je ne lui donne aucun détail et je continue.

– Vous voyez, la chose que j'ai le plus de mal à comprendre, c'est pourquoi vous avez décidé de me mentir. Comme vous me l'avez répété plusieurs fois, à juste titre, faire du hors-piste n'est pas en soi une activité passible de poursuites judiciaires. Et si jamais l'un d'entre vous a effectivement, comme je continue à le penser, été pris dans une avalanche, je ne vois pas où était le problème. Vous avez tiré une ou plusieurs fusées de détresse pour demander de l'aide. Une équipe de secouristes s'est mobilisée pour vous évacuer. C'est le genre de choses qui arrive plusieurs fois chaque hiver dans la région. Au pire, vous auriez peut-être eu à payer des frais de rapatriement ou de traitement, ce qui, vu le niveau social de votre famille, n'aurait probablement pas été un grand problème… C'est donc là où je coince.

– Et c'est bien pour ça que je ne vous ai pas menti. On n'a absolument rien à cacher. On a décidé, collectivement, de descendre le Killer quand on s'y est retrouvés par accident. C'était notre choix. Personne ne nous a forcés. Et si vous voulez tout savoir, c'était une expérience incroyable.

Je le foudroie du regard.

Ce qui ne l'arrête en rien.

– La poudreuse nous arrivait jusqu'aux genoux… La visibilité était parfaite… Et s'il y a bien une décision que je ne regrette pas dans ma vie, c'est celle-là.

– Vous réalisez bien ce que vous êtes en train de me dire ?

– Oui. On a peut-être risqué nos trois vies pour quelques minutes de plaisir. Mais c'est quelque chose qui ne regarde personne d'autre que nous.

– Sauf que vous avez aussi mis en danger les vies de quatre autres personnes.

– C'est vous qui le dites.

Je lui réponds en serrant les dents. De plus en plus incapable de contrôler la colère que je sens monter en moi.

– Ce n'est pas une opinion, c'est un fait.

– Si c'est ce que vous voulez croire, allez-y… Mais je sais que vous avez tort. Sur toute la ligne. Parce qu'il y a un point essentiel que vous n'avez toujours pas vu.

– Qui est ?

– Que ce qu'a fait la nana de l'hélico est dix milliards de fois plus stupide que ce que *nous* avons fait. On a pris des risques pour s'éclater. Elle a risqué sa vie pour des gens qu'elle ne connaissait même pas, qui n'avaient même pas besoin de son aide. Sans même être payée pour le faire ! Alors, dites-moi ? Qui a eu le comportement le plus « irresponsable » dans cette affaire ? Quelqu'un comme moi ou la nana de l'hélico ?

Il me regarde droit dans les yeux.

Défiant.

Et pour la première fois de ma carrière, je perds totalement mon sang-froid pendant un interrogatoire.

Je frappe sur la table avec le plat de la main et je m'avance brusquement vers lui.

– « La nana de l'hélico » a un nom. Elle s'appelle Sarah McKinley. Elle a 32 ans et elle est docteur.
– Et ?
– *Et ?*
– Je vois difficilement ce que ça a à voir avec ce que je viens de vous dire.
– Vous saviez qu'elle était mariée ?
– Non.
– Qu'elle avait une petite fille de 6 ans ?
– Non plus.
– Et tout cela ne change toujours rien à rien ?
– Non. Au contraire. Ce sont deux raisons supplémentaires pour lesquelles elle n'aurait jamais dû prendre de risques inutiles. Si vous voulez mon avis, c'est le comportement de la nana de l'hélico qui devrait être remis en cause, pas le nôtre.

J'explose.

– Pour la deuxième fois, « la nana de l'hélico » a un nom ! Elle s'appelle Sarah McKinley.

– OK ! J'ai bien compris ! Ce n'est pas la peine d'insister comme une malade ! Sarah. McKinley. 32 ans. Mariée. Un enfant. Mais vous pouvez dire tout ce que vous voulez, ça ne changera rien au fait que vous n'arriverez pas à me faire me sentir responsable de ce qui lui est arrivé.

– « Sentir » responsable ?

– Oui. C'est bien ce que vous êtes en train d'essayer de faire, non ?

– Non. Ce que je suis en train d'essayer de faire, c'est de prouver que vous êtes responsable de ce qui lui est arrivé avant-hier. Parce que devinez quoi ? Ce qui lui est arrivé est de votre faute. De votre faute et de celle de vos deux amis.

– Vous n'avez pas le droit de dire ça. Ce n'est pas juste.

– Pas juste ?

Je me lève et je me mets à faire les cent pas à travers la pièce pour essayer de me calmer un peu.

– Vous voulez que je vous dise ce qui n'est « pas juste » ? C'est que quelqu'un comme vous puisse être là, tranquillement assis devant moi, pendant que la personne qui a risqué sa vie pour le « sauver » est paralysée à vie sur un lit d'hôpital.

– Comment ça, « paralysée à vie » ? Je pensais qu'elle était juste dans le coma.

– « Juste » dans le coma ?

Je ferme les yeux pendant quelques instants. Mon corps tout entier à deux doigts de jeter l'éponge sous le taux d'adrénaline extrême auquel je le soumets depuis plusieurs minutes.

– OK...

Je me rassois devant lui et je reprends d'une voix la plus calme possible.

– Petite leçon d'anatomie...

Je ne sais pas si c'est le mot que je viens de prononcer ou mon attitude en général, mais Wayne Chadwick a soudain l'air très mal à l'aise.

– Vous avez étudié les différentes parties du corps humain quand vous étiez au collège ? Au lycée ?

– Oui... Peut-être... Je ne suis pas sûr... C'était il y a longtemps...

– Vous vous souvenez de quoi que ce soit en ce qui concerne le cerveau humain ? Les raisons pour lesquelles quelqu'un peut « juste » tomber dans le coma ?

– Non. Pas vraiment.

– Pas de problème, je vais vous faire un petit dessin...

J'attrape un bloc de papier sur la table et je sors un stylo de mon sac.

– Voilà... C'est finalement assez simple...

Je dessine deux cercles l'un dans l'autre, de forme légèrement ovale, espacés de quelques millimètres.

– Vous voyez le plus petit des deux cercles ? Celui qui est à l'intérieur ?

Il hoche la tête pour acquiescer.

– Ça c'est le cerveau.

Je hachure rapidement la zone en question.

– Le deuxième cercle, c'est la paroi osseuse du crâne… Formée de plusieurs os soudés entre eux pendant les mois qui suivent la naissance.

J'épaissis un peu le trait en passant mon stylo plusieurs fois dessus.

– C'est une partie du corps plutôt solide. Pas une fine couche osseuse qui se brise facilement.

Je lui montre la fine zone qui sépare les deux cercles.

– Entre cette couche osseuse et le cerveau, il y a une couche de liquide qui offre un moyen de protection supplémentaire. Juste au cas où. Un peu comme une voiture avec un Airbag. Les ceintures de sécurité sont là pour protéger les passagers, mais en cas d'impact particulièrement violent, un sac rempli d'air se déploie pour amortir encore plus le choc. Malheureusement, et dans le cas de la voiture et dans celui du cerveau humain, il arrive que des impacts soient tellement violents que ce double système de protection ne suffise pas…

Je dessine une flèche braquée vers la paroi gauche du crâne humain que je viens de dessiner.

– Dans le cas de Sarah McKinley, par exemple… Vous voyez la flèche que je viens de dessiner ?

– Oui.

– C'est le côté de son crâne qui s'est écrasé contre la paroi rocheuse alors qu'elle essayait de vous atteindre. Entre les violentes rafales de vent qu'il y avait ce jour-là et la vitesse de l'hélicoptère qui a dû brusquement changer de position, on parle d'un impact à plusieurs dizaines de kilomètres-heure. Quelque chose d'équivalent à une chute de plusieurs étages.

Il se met à gigoter nerveusement sur sa chaise.

– Bien sûr, quand une personne est soumise à des chocs extrêmes comme celui dont a été victime Sarah McKinley, elle s'en sort rarement indemne. Elle peut mourir instantanément, suite à la rupture de vaisseaux à l'intérieur même du cerveau. Elle peut aussi survivre à l'impact pendant plusieurs jours, voire plusieurs mois ou plusieurs années, dans un état de coma plus ou moins profond sans jamais se réveiller. Ou, et c'est pour l'instant le cas de Sarah McKinley, elle peut s'en sortir avec des séquelles physiques et mentales plus ou moins importantes.

Je lui montre le petit cercle hachuré.

– Parce que quand le cerveau humain subit un choc violent, toutes sortes de fonctions peuvent être affectées. On peut survivre mais perdre l'usage de la parole, de la vue, d'une partie du corps... On peut perdre la mémoire... Souffrir de troubles psychiques... Et pour ajouter un peu de suspense à la chose, comme si tout cela n'était pas déjà assez, il faut souvent attendre plusieurs semaines avant de pouvoir établir avec certitude quelles fonctions ont été irréversiblement endommagées.

Pour la première fois, je vois le barrage émotionnel de Wayne Chadwick commencer à vaciller. À la façon dont il fait craquer nerveusement les articulations de ses doigts. Aux mouvements de sa pomme d'Adam qui monte et qui descend à intervalles de plus en plus rapprochés.

Et je continue. Déterminée à lui faire comprendre jusqu'au bout la portée de ses actes.

– Et c'est exactement là où en est Sarah McKinley. Elle est sortie du coma hier soir, et pour l'instant, elle semble « seulement » avoir en partie perdu l'usage de la parole. En plus bien sûr de l'usage de ses deux jambes – le résultat du premier impact de son corps contre la paroi qui a sectionné d'un coup la moelle épinière de sa colonne vertébrale, au niveau des vertèbres lombaires. Quelles que soient les conséquences finales de son traumatisme crânien, la personne qui a essayé de vous évacuer ne remarchera jamais. Elle ne pourra plus jamais aller sauver qui que ce soit en pleine montagne… Elle ne pourra plus jamais aller faire du VTT dans la nature avec sa famille… Et elle risque d'avoir en plus à s'exprimer pour le reste de sa vie avec un mélange de signes et de sons à la limite du compréhensible. Alors, maintenant, dites-moi ce qui est juste et ce qui ne l'est pas ?

Il baisse les yeux.

Au bord des larmes.

– On n'a jamais voulu blesser qui que ce soit…

– Je sais.

– Non. Vous ne savez pas… Vous ne pouvez pas comprendre…

– Allez-y, expliquez-moi… Je ne demande rien de plus que de savoir ce qui s'est *vraiment* passé…

Il ouvre la bouche et, au moment même où il est enfin sur le point de me raconter ce qui s'est vraiment passé avant-hier sur le Killer, j'entends quelqu'un frapper à la porte et entrer dans la pièce. Et sans que j'aie le temps de dire ou de faire quoi que ce soit, tous mes efforts s'anéantissent en un éclair.

19.

CRYSTAL LODGE
4154 VILLAGE GREEN
10:20

– Maître Maier. Elliot Maier.

Je me lève pour serrer la main de l'homme en costume-cravate qui s'avance vers moi, en m'efforçant de rester le plus professionnel possible malgré la frustration extrême que son arrivée vient de déclencher.

– Agent Kovacs.

Il s'assoit juste à côté de Wayne Chadwick et pose une sacoche en cuir noir sur la table. Un objet qui va parfaitement bien avec les petites rayures de sa veste, la monture en écaille de tortue de ses lunettes et son crâne déjà bien dégarni pour la cinquantaine d'années qu'il doit avoir.

– Vous avez commencé à interroger mes clients ?

Il jette un regard désapprobateur vers Wayne.

– « Vos » clients ?

– Oui. Je viens de parler aux parents de Bruce Anderson et à ceux d'Emma Crawford, et ils m'ont demandé de représenter également leurs enfants.

J'aimerais donc que nous traitions cette affaire comme une affaire de responsabilité collective. Si bien sûr « responsabilité » il y a.

– Je suis désolée. Ce n'est pas du tout comme cela que je vois les choses et ce n'est sûrement pas à vous de décider du type d'inculpation à recommander. Si bien sûr inculpations il y a…

Il semble ne rien avoir entendu à ce que je viens de lui dire.

– Avez-vous la moindre preuve pour inculper mes clients et/ou les retenir ici contre leur gré ?

J'hésite.

Trop longtemps à son goût.

– Oui ou non ?

– Non. Pas pour l'instant. Mais je n'ai pas encore parlé à Bruce et à Emma. J'ai besoin d'avoir leurs deux versions officielles des faits.

– Je suis désolé, mais cela ne sera pas possible… Mes trois clients vous ont déjà donné leurs versions officielles des faits alors qu'ils étaient encore à la clinique de Whistler hier matin. Et, si mes informations sont correctes, vous avez enregistré cette conversation, n'est-ce pas ?

– Oui. C'est exact.

– Vous avez donc déjà tout ce dont vous avez besoin.

Il ouvre sa sacoche et enchaîne sans me donner le temps d'ajouter quoi que ce soit.

– Comme vous le savez cependant, cette affaire est malheureusement loin d'être aussi simple que cela…

Il sort une série de dossiers qu'il pose en bout de table. Assez loin de moi pour que je ne puisse pas les atteindre.

– Après en avoir longuement discuté avec les familles de mes clients, j'aimerais dès aujourd'hui vous prévenir que toute accusation infondée contre Wayne Chadwick, Bruce Anderson et Emma Crawford sera traitée sans la moindre indulgence par mon cabinet. Si votre département, l'Armée de l'air canadienne ou le SAR de Whistler venait à décider de poursuivre en justice mes clients, je vous recommande de bien faire attention à toute prétendue « preuve » que vous pourriez avancer. Nous ne parlons pas ici de trois jeunes irresponsables. Nous parlons ici de trois étudiants inscrits dans une des écoles de commerce les plus prestigieuses des États-Unis qui ont un brillant avenir devant eux. C'est pour cela qu'en accord avec leurs familles, j'ai d'ores et déjà déposé une plainte contre le SAR de Whistler, et plus particulièrement contre les quatre membres de l'équipage de l'hélicoptère pour ne pas avoir réussi à hélitreuiller mes trois clients alors qu'ils étaient bloqués sur le mont Cheakamus.

– Pardon ?

À ma grande surprise, Wayne Chadwick a l'air d'être encore plus choqué que moi par les paroles de son avocat.

– Vous voulez faire quoi ?

– Porter plainte contre les membres du SAR de Whistler pour avoir failli à leur devoir en mettant non seulement la vie de mes trois clients en danger avec leur tentative d'hélitreuillage ratée, mais aussi pour avoir mis plus d'une heure avant de finalement arriver à les évacuer par voie terrestre.

Wayne s'insurge avant moi.

— Je vous l'ai déjà dit mille fois au téléphone ! On n'avait pas besoin d'être secourus par…

Elliot Maier pose sa main sur l'avant-bras de Wayne. Ses longs doigts aux ongles parfaitement bien manucurés en complet contraste avec la force qu'il vient de mettre dans ce geste.

— Ce n'est pas le moment, monsieur Chadwick. Veuillez, *s'il vous plaît*, garder le silence.

J'utilise la brève pause qui suit pour essayer de reprendre le contrôle de la situation.

— Monsieur Maier… Vous savez bien que la personne qui essayait d'atteindre vos trois clients a été grièvement blessée dans l'accident dont elle a été victime. On ne peut pas juste décider de…

— Je sais. Et je sais aussi qu'il n'y a pas eu mort d'homme.

— Qu'est-ce que vous voulez dire par là ?

— Que Sarah McKinley n'a été *que* blessée dans l'accident. Au pire, on parle de coups et blessures involontaires. Et dans les circonstances que nous connaissons tous, je vois difficilement comment vous arriverez à convaincre un juge de faire passer cette affaire devant un jury.

– Probablement en décrivant la nature exacte des blessures dont souffre la victime.

Il soupire. Comme exaspéré par ma dernière phrase.

– Écoutez, agent Kovacs… J'imagine que cette affaire doit vous tenir tout particulièrement à cœur, et croyez-moi bien, je compatis. La victime est une jeune femme, comme vous… Vous avez toutes les deux à peu près le même âge, même si vous devez être plus proche de la quarantaine qu'elle… Vous avez choisi toutes les deux de faire un métier d'homme. Dangereux. À risques. Et ce pour des raisons qui n'appartiennent qu'à vous… Un besoin d'adrénaline ? Une envie de frôler la mort au quotidien ? Des choses qui ne me regardent pas… La seule grande différence que je vois pour l'instant, si j'en crois bien sûr les premières informations que j'ai réussi à rassembler sur vous, c'est que contrairement à Mme McKinley, vous avez au moins eu la décence de ne pas vous marier ni d'avoir d'enfants. De ne pas affecter directement qui que ce soit d'autre par votre comportement.

Je suis tellement horrifiée par ce qu'il vient de me dire que je n'ai aucune idée de ce que je pourrais bien lui répondre.

Et une fois de plus, il exploite mon incapacité à réagir avec assez de rapidité.

– À en croire votre silence, je vois que nous sommes au moins tous les deux d'accord sur quelque chose…

Il attrape ses affaires.

– Donc, si vous le voulez bien, je vais maintenant ramener mes trois clients à Seattle afin qu'ils puissent retrouver au plus vite leurs familles et ranger ce fâcheux incident dans un coin reculé de leur mémoire. Et si jamais vous veniez à changer d'avis en ce qui concerne tout chef d'inculpation possible, souvenez-vous bien de ce que je vous ai expliqué tout à l'heure. Je n'exagérais en aucune manière. Je ne tolérerai aucune accusation non fondée de la part de votre département, et plus particulièrement de *votre* part. Si vous voulez lancer une procédure judiciaire impliquant mes trois clients, préparez-vous à un barrage de contre-attaques dans les règles. Je n'hésiterai en aucune façon à vous mettre sur la sellette, et à questionner en détail Mme McKinley sur l'accident dont elle a été victime et sur les choix qu'elle a faits dans sa vie. Inutile de vous dire que cela risque d'être une expérience plutôt traumatisante pour elle – et pour vous. Nous nous sommes bien compris ?

Je secoue la tête. Trop écœurée pour le gratifier de la moindre réponse.

Et je le regarde sortir de la pièce avec son client.

Sûr de son coup.

20.

CRYSTAL LODGE
4154 VILLAGE GREEN
16:51

Je relis une dernière fois le rapport préliminaire que l'AAC vient de nous faxer et je le place bien en évidence en haut de ma pile de documents.

Comme si les quelques lignes qu'il contient pouvaient apporter une conclusion définitive à cette affaire...

Aucun problème mécanique avec l'appareil.

Aucune erreur de pilotage.

Accident causé par une combinaison de conditions météorologiques extrêmes et imprévisibles.

Autant dire « la faute à personne ».

Sauf bien sûr que l'hélicoptère dans lequel se trouvait Sarah McKinley ce jour-là n'était pas à cet endroit précis, à ce moment précis, par accident.

J'attrape le tas de dossiers et je le glisse dans la poche latérale du sac de mon ordinateur portable. Mes gestes beaucoup plus brusques qu'à l'ordinaire.

– Ça va ?

Je me retourne pour répondre à Nick, en remarquant au passage que personne n'a encore eu le courage d'effacer le grand tableau blanc de la pièce. Toujours couvert de nos notes et dessins…

– Oui.

– On dirait pas.

Je relève la tête et je le regarde droit dans les yeux. Surprise par sa réaction.

En temps normal, Nick fait tout pour éviter ce genre de situation et, en voyant les silhouettes de Keefe et Connie continuer à s'affairer comme si de rien n'était, je me demande s'ils n'ont pas tiré à la courte paille pour décider lequel d'entre eux aurait à affronter ma mauvaise humeur ce soir.

– Non. Promis. Ça va.

Je fais glisser le PowerBook dans son sac et je l'immobilise avec les lanières en Velcro prévues à cet effet.

– OK. Tu ne veux pas en parler. Mais au cas où tu ne l'aurais pas remarqué, tu n'es pas la seule à être frustrée.

– Pardon ?

– Ce n'est pas exactement facile pour nous non plus.

Je vois les silhouettes de Keefe et de Connie se figer soudain sur ma droite.

– Certes. À part que rien de tout cela n'est de votre faute.

– De notre faute ? Parce que c'est peut-être de la tienne ?

Je referme mon sac et je le fais glisser en bandoulière sur mon épaule. Déterminée à mettre fin au plus vite à cette conversation.

– On peut laisser tomber le sujet ?

Keefe s'avance. À la rescousse.

– Kate, écoute… Je te promets. On a vraiment fait tout ce qu'on pouvait. Je ne vois vraiment pas ce que tu pourrais avoir à te reprocher sur ce coup-là.

Je les regarde tous les trois. Incrédule.

– OK. Vous voulez vraiment savoir ce qui ne va pas ?

Je suis aussi surprise qu'eux par la colère qu'il y a soudain dans ma voix.

– C'est qu'une jeune femme de 32 ans va passer le reste de sa vie dans un fauteuil roulant pendant que les trois personnes qui sont directement responsables de l'accident dont elle a été victime vont continuer à s'éclater sur les pistes des meilleures stations de ski du monde. Ça, c'est ce qui ne va pas. Quant au reste, oui. C'est en partie de ma faute, parce que c'est Bruce que j'aurais dû interroger en premier ce matin. Pas Wayne. On savait tous depuis le début que si l'un d'entre eux avait été pris dans l'avalanche, c'était probablement Bruce. C'était lui le maillon faible. Mais non. J'ai pensé que je pouvais faire craquer Wayne Chadwick. Parce que c'est lui qui avait la personnalité la plus forte des trois, parce que c'était lui qui dictait aux deux autres ce qu'ils devaient dire et ce qu'ils devaient faire. Et j'ai échoué.

Je sens mes doigts se crisper sur la lanière du sac.

– Et rien qu'à cause de ça, ils sont maintenant tous les trois sur le sol américain et même si on arrivait à rassembler assez de preuves pour les traîner devant un tribunal, il faudra d'abord engager une procédure d'extradition, ce qui, avec le fric et l'avocat qu'ils ont, risque de prendre plusieurs mois, voire plusieurs années... Donc, oui, pour répondre à ta question, Nick, je pense que c'est en partie de ma faute. Si j'avais essayé de faire craquer Bruce, ou même Emma, à la place de Wayne, on n'en serait peut-être pas là.

– Vraiment ?

Je n'en reviens pas que Nick continue à insister.

– Parce que tu penses qu'ils t'auraient dit quoi, exactement, Kate ?

– Je ne sais pas. Mais je suis sûre qu'ils ne nous ont pas uniquement menti sur le fait d'avoir ou non été pris dans une avalanche. Il y a autre chose.

J'attrape ma veste et je me passe la main dans les cheveux.

– Écoutez. Je suis désolée. Je suis crevée. Est-ce qu'on pourrait continuer cette conversation lundi matin ? S'il vous plaît ?

Ils hésitent un long moment avant de me répondre, et alors que je n'ai plus qu'une seule envie en tête – être seule, chez moi, sans avoir de comptes à rendre à qui que ce soit –, quelqu'un frappe soudain à la porte et Logan Hackel apparaît dans la salle de réunion.

21.

CRYSTAL LODGE
4154 VILLAGE GREEN
17:02

— Je peux vous parler ?

Logan Hackel dévisage rapidement les trois membres de mon équipe avant de braquer son regard sur moi.

— En privé ?

Je n'hésite pas une seconde.

— Bien sûr. Il y a une pièce libre juste à côté.

Je le guide vers la deuxième salle de réunion en attrapant discrètement mon dictaphone au passage — même si je sais déjà qu'il est loin d'être ici ce soir pour nous faire une déclaration officielle que je pourrais enregistrer.

— Ça va ?

Je m'assois en bout de table et je lui indique une chaise près de moi dans laquelle il prend place. Les mâchoires serrées.

— Non.

Il me tend une enveloppe.

— Vous avez vu ça ?

Je sors la lettre de l'enveloppe et en voyant l'en-tête – *Cabinet Maier* –, je devine immédiatement de quoi il s'agit.

– L'avocat de Wayne Chadwick et de ses deux amis veut me traîner en justice pour « non-assistance à personne en danger » !

Je parcours rapidement le document.

Un mélange de jargon juridique et de menaces poliment formulées.

– Apparemment, mon établissement encouragerait la pratique de sports extrêmes, « dangereux et illégaux », et j'aurais fait preuve de mauvais jugement en ne remarquant pas que trois de mes clients s'apprêtaient à aller faire du hors-piste sur le Cheakamus… Comme si cela faisait partie de mon job ! Le pire, c'est que je viens de parler à mon avocat qui m'a dit qu'ils avaient réellement de quoi transformer ma vie en véritable enfer pendant plusieurs mois, et peut-être même arriver à me rendre officiellement responsable de ce qui s'est passé avant-hier. Au moins en partie. Même si je n'étais en rien au courant de leurs plans !

Je me retiens de lui faire remarquer que son établissement encourage bien la pratique du ski hors piste et d'autres sports extrêmes.

À la place, j'essaie de me mettre au maximum dans son camp pour l'encourager à me livrer toute information qu'il aurait encore en sa possession.

– Je sais. Il a même l'intention de poursuivre en justice le SAR de Whistler pour ne pas avoir réussi à évacuer ses trois clients en hélicoptère. Parce qu'ils ont dû attendre près d'une heure après la tentative d'hélitreuillage ratée avant d'être rapatriés par voie terrestre.

Il me regarde. Incrédule.

– Vous plaisantez ?

Je hoche la tête.

– Non. Malheureusement.

– Mais il est complètement malade ! Parce que s'il y a bien quelqu'un qui n'a rien fait de mal dans cette affaire, c'est bien la secouriste qui a été blessée.

Il s'arrête net, soudain ému.

– Monsieur Hackel ? Si vous savez quoi que ce soit...

Il baisse les yeux.

– Ce n'est pas aussi simple que ça.

Je sens que c'est l'un des moments cruciaux de cette enquête et je me redresse bien sur ma chaise.

– Monsieur Hackel... Vous savez que Sarah McKinley, la secouriste qui a été blessée, a passé plus de douze heures dans le coma ?

– Oui.

– Vous savez aussi qu'elle a été paralysée des deux jambes dans l'accident ?

Il relève la tête. Au bord des larmes.

– Non...

Je lui laisse quelques secondes pour bien assimiler l'information que je viens de lui donner et j'enchaîne. En utilisant la voix la plus calme et la plus posée possible.

– Monsieur Hackel... Si vous savez quelque chose...
Il continue à hésiter.
– Écoutez... Si vous n'étiez pas avec eux sur le Cheakamus quand l'accident a eu lieu, vous n'avez absolument rien à craindre...
– Non, bien sûr que non, je n'étais pas avec eux... Mais je sais ce qui s'est passé... Je sais exactement ce qui s'est passé... Je l'ai vu.

Je lui laisse tout le temps dont il a besoin, même si le dernier mot qu'il vient de prononcer remet en cause à peu près tous les scénarios que nous avions considérés jusqu'à présent.

– Vous vous souvenez quand vous m'avez demandé hier si mes clients m'avaient demandé de faire quoi que ce soit pour eux quand je suis allé les voir au centre médical ?
– Oui.
– Eh bien, je vous ai menti. Ils m'ont effectivement demandé quelque chose.
– Quoi ?
– Ils m'ont donné un petit sac et ils m'ont demandé de bien l'emballer – sans regarder ce qu'il y avait à l'intérieur – et de l'envoyer par courrier spécial à Seattle.
– Vous avez noté l'adresse ?
– Oui. C'était une boîte postale. BP-57321.
– Et vous l'avez fait ?
– Oui.
– Pourquoi ?

Il ne me répond pas.
– Ils vous ont payé pour le faire ?
– Oui.
Il baisse de nouveau les yeux.
– Combien ?
– Assez pour que j'accepte.
– Vous savez ce qu'il y avait à l'intérieur du sac ?
– Oui. Je l'ai ouvert...
Je sens mon cœur changer de rythme.
– Et ?
– C'était une caméra vidéo.
– Vous savez s'il y avait une cassette à l'intérieur ?
– Oui... Non seulement ça... Mais j'en ai fait une copie avant de poster l'original. Et je viens juste de la regarder... Une fois que j'étais sûr qu'ils n'étaient plus dans les parages...

J'ai le plus grand mal à articuler ma prochaine question.

– Ils se sont filmés en train de descendre le Killer, c'est bien ça ?
– Oui...

Il se prend la tête à deux mains.

– ... Et ils ont aussi filmé l'accident... Le moment où le corps de la secouriste s'est écrasé contre la paroi... À plusieurs reprises...

Il y a un long silence qu'aucun de nous deux n'arrive à briser. L'énormité de la déclaration qu'il vient de me faire déclenchant toutes sortes de pensées les plus sordides les unes que les autres dans mon esprit. L'idée que les trois jeunes aient pu filmer l'accident... L'idée qu'il existe un document visuel du moment où Sarah McKinley a risqué sa vie pour eux... L'idée qu'ils ont probablement fait tout ça pour quelques minutes de gloire sur un petit écran...

J'essaie de me reconcentrer sur Logan Hackel mais j'ai brusquement l'impression d'être comme en apesanteur. Prise dans un mauvais rêve.

Je le regarde faire glisser une cassette vidéo sur la table dans ma direction. Le rectangle de plastique noir maintenant aussi efficace qu'une grenade dégoupillée.

– Je suis désolé d'avoir attendu si longtemps pour vous en parler... Je ne savais pas quoi faire... Au départ, j'avais juste l'intention de copier la cassette au cas où... Au cas où on m'accuserait justement d'avoir fait quelque chose d'illégal... Mais quand j'ai vu ce qu'elle contenait, j'ai compris que c'était plus important de vous la donner que de tenir parole à trois clients que je connaissais à peine... Parce que ce n'était pas du tout ce à quoi je m'attendais...

– Qu'est-ce que vous voulez dire par là ?

– Vous verrez par vous-même.

22.

CRYSTAL LODGE
4154 VILLAGE GREEN
17:21

Keefe fait basculer les lattes du store vénitien contre la fenêtre de la salle de réunion et s'agenouille devant le téléviseur placé dans un des angles de la pièce. Puis il enfonce la cassette que Logan Hackel vient de nous donner dans la fente du magnétoscope et éteint la lumière.

Inconsciemment, je réalise que nous nous sommes tous les quatre assis le plus loin possible les uns des autres. Comme pour essayer d'avoir un peu d'intimité pour gérer les quelques minutes qui vont suivre.

Keefe jette un long coup d'œil dans ma direction.

– Prête ?

Je hoche la tête et l'écran du téléviseur se met soudain à grésiller avant de révéler les premières images de la bande vidéo.

Wayne Chadwick et Bruce Anderson.

Debout côte à côte en pleine montagne.

Un large sourire sur le visage.

« WAYNE : Comme vous pouvez le voir, nous venons d'arriver en haut du couloir des couloirs… De la paroi dont le nom fait trembler même les skieurs les plus expérimentés…

BRUCE (avec une voix d'outre-tombe) : … Le KILLER !

< La caméra se tourne pour révéler le couloir ouest du Cheakamus. >

WAYNE : Grâce à la gentillesse et à l'œil aiguisé de notre chère collaboratrice, Emma…

< La caméra pivote sur place et révèle Emma Crawford, elle aussi tout sourire, qui tient l'appareil à bout de bras avant de le braquer de nouveau sur Wayne et sur Bruce. >

WAYNE : … Nous allons vous faire partager ce moment unique… En direct… Et ce, dans les circonstances les plus extrêmes qui soient…

< Wayne soulève la manche de son anorak et place l'écran de sa montre devant l'objectif de la caméra. >

WAYNE : Car, comme vous pouvez le voir grâce à la petite date écrite en rouge en bas de votre écran et grâce à celle écrite en vert sur celui de ma montre, nous ne sommes pas aujourd'hui n'importe quel jour… Nous sommes le 14 novembre 2002. Jour où le risque d'avalanche sur le Cheakamus est à son…

BRUCE ET EMMA (en chœur) : … Plus haut ! »

Je vois Keefe se retourner dans ma direction. Aussi choqué que moi par la naïveté et la stupidité des trois jeunes sur l'écran.

—

« WAYNE : Ce que vous allez donc voir n'est pas juste une descente du Killer, mais une descente du Killer sur lequel plane un risque d'avalanche extrême...
< Bruce et Emma chantonnent tous les deux un fond sonore genre musique de film d'horreur. >
WAYNE : Donc, sans vous faire attendre plus longtemps, voici un film que vous aurez le plus grand mal à oublier... »

—

L'enregistrement s'arrête et reprend après une seconde ou deux de noir. Wayne et Bruce sont maintenant en haut du Killer, filmés du bas du couloir par Emma, et je remarque pour la première fois que Bruce porte un anorak bleu comme me l'a décrit Sarah McKinley et non pas l'anorak rouge qu'on a retrouvé dans ses affaires.

—

« EMMA (hors écran) : Il est maintenant 16:09:54... Wayne Chadwick, alias "Chad", et Bruce Anderson, alias "Spike", sont en haut du Killer. Prêts à le descendre au risque de leurs vies...
< Elle zoome sur le haut du couloir et l'on peut voir les deux garçons côte à côte, prêts au départ. >
EMMA : Comme vous le savez déjà, le risque d'avalanche sur le Killer est aujourd'hui à son maximum et

pour augmenter encore plus votre plaisir, Chad est loin d'être parti les mains vides… »

—

Même si on ne peut que vaguement le discerner, la conversation entre les deux garçons a l'air de s'animer au fil des secondes et soudain, Wayne Chadwick sort un objet de la poche de son anorak et tire une fusée de détresse vers le ciel.

Rouge sang.

Une boule de lumière qui part vers le sommet du mont Whistler avant d'exploser à une bonne centaine de mètres du sol et de redescendre lentement en baignant la partie supérieure du Killer dans une lumière incandescente de feu d'artifice.

—

« Emma : Yahoo ! C'est parti ! »

—

Sans perdre une seconde, Wayne s'élance dans le couloir mais Bruce reste un long moment sur place, comme pétrifié par ce que Wayne vient de faire, avant de s'élancer à son tour. Et les deux silhouettes se mettent à descendre le couloir à quelques mètres d'écart, le style de Bruce bien meilleur que celui de Wayne.

Les deux garçons s'éloignent peu à peu l'un de l'autre pour profiter de toute la largeur du couloir – Wayne sur la gauche, Bruce sur la droite – et alors qu'ils sont à peu près à mi-chemin, le haut de la montagne se met brusquement à gronder…

Une fissure traverse le couloir du Killer avec la rapidité d'un éclair. Zigzaguant le long d'une énorme plaque de neige qui se met lentement à glisser… À descendre le long de la paroi comme au ralenti… Avant de se retrouver emportée par son propre poids et de dévaler à pleine vitesse la partie inférieure du couloir dans un gigantesque nuage de poudreuse.

—

« EMMA : Non ! Wayne ! Avalanche !

—

La caméra se met à trembler et les images des deux skieurs deviennent presque impossibles à identifier.

On peut discerner la silhouette de Wayne essayer de sortir du couloir et celle de Bruce en plein dans la trajectoire de l'avalanche.

Emma se met à courir vers le couloir, caméra toujours à la main, et les secondes qui suivent ne sont qu'un mélange d'images qui sautent et de respiration haletante.

—

« EMMA : Wayne ! Bruce !

< Emma s'arrête brusquement et scanne le bas du couloir avec la caméra. La silhouette de Wayne est maintenant debout, en bas d'une coulée d'avalanche, un sac à dos posé sur la neige à quelques mètres de lui. >

WAYNE : Emma ! Grouille-toi ! Viens vite ! J'arrive pas à trouver Bruce !

< Emma pose la caméra sur le sol et l'image est maintenant une vue fixe de la scène qui se joue à quelques mètres de là. >

WAYNE : Sors vite ton ARVA ! Mets-le en position de recherche ! Dépêche !

EMMA (complètement paniquée) : Tu l'as vu tomber ? Il est où ?

< Wayne attrape Emma par les épaules. >

WAYNE : Emma, écoute-moi. Fais exactement ce que je te dis de faire. Si on flippe maintenant, il est mort. Tu m'entends ? On doit le retrouver le plus vite possible. Sors ton ARVA et suis mes ordres. Compris ?

EMMA : Compris.

< Ils se mettent tous les deux à balayer le bas de la coulée avec leur ARVA, les bips des deux appareils aussi stressants que ceux d'un moniteur cardiaque. >

WAYNE : Tu as quelque chose ?

EMMA : Oui…

< Ils s'approchent tous les deux du sac à dos posé sur la neige et scannent la zone qui l'entoure en essayant de localiser la position exacte du signal. >

EMMA : J'ai une croix sur l'écran… Il est juste là…

< Ils s'agenouillent tous les deux sur la neige. >

WAYNE : Bruce ? Tu nous entends ?

< Wayne sort une pelle et se met frénétiquement à creuser la neige. Emma figée de peur à côté de lui. >

WAYNE : Bruce ?

< Wayne continue à creuser pendant un long moment. Sans succès. >

WAYNE : Bruce ! Tiens bon !

< Sa voix et ses efforts sont de plus en plus désespérés mais il n'abandonne pas. Et après une poignée de minutes qui semble durer une éternité, une zone de bleu apparaît dans le blanc de la neige. >

WAYNE : Excellent ! On t'a… N'abandonne pas…

< Wayne continue à creuser et il lui faut plusieurs minutes supplémentaires pour arriver à totalement dégager Bruce de la coulée. >

WAYNE : Ça va ?

< Bruce ne répond pas. Son corps tout entier est secoué de violents frissons et ses lèvres sont d'un bleu foncé en complet contraste avec la pâleur de son visage. >

WAYNE : Emma, change vite d'anorak avec lui. Il est trempé… Il est déjà en état d'hypothermie…

< Emma ne réagit pas. >

WAYNE : Emma ! Enlève ton anorak. Maintenant !

< Emma ne réagit toujours pas. >

WAYNE : OK… OK…

< Wayne fait son possible pour rester calme. Il ouvre son sac à dos et attrape une boîte de fusées de détresse qu'il ouvre nerveusement. >

BRUCE : Non…

< Wayne s'arrête et regarde son ami. >

WAYNE : Quoi ?

Bruce : Non. C'est bon. Ne fais pas ça…

< Wayne hésite. >

Wayne : T'es sûr ?

Bruce : Oui. Donnez-moi juste deux ou trois minutes…

< Bruce lève les yeux et remarque pour la première fois la caméra allumée, braquée sur eux. >

Bruce : Vous avez tout filmé ?

Emma : Heu… Je ne sais pas… J'ai juste posé la caméra là… J'ai dû oublier de l'éteindre… »

< Bruce se lève et s'approche en titubant de l'appareil pour vérifier l'écran de contrôle. >

Bruce (hors écran) : Elle est encore en marche…

< Le visage de Bruce apparaît soudain en gros plan. >

Bruce : Cool… »

—

L'enregistrement s'arrête pendant une ou deux secondes et reprend brusquement dans un vacarme d'hélicoptère qui fait du surplace.

Je vois les épaules des trois membres de mon équipe se raidir et je sens malgré moi les miennes faire de même.

Parce que la silhouette de Sarah McKinley est maintenant clairement visible sur l'écran, suspendue à un long câble le long d'une paroi rocheuse.

—

« Wayne : Elle est malade ! Il y a trop de vent !

Bruce : Tu arrives à voir ce qu'elle fait ?

< Emma zoome au maximum et on peut maintenant parfaitement voir Sarah McKinley. Sanglée à une civière. Casque intégral sur la tête. Harnais autour de la poitrine. Descendant le long de la paroi.

EMMA : Faites-lui signe d'arrêter ! Qu'on n'a pas besoin d'aide !!

< La caméra se met à trembler. >

WAYNE : Emma, arrête de filmer ! C'est trop dangereux... Planque l'appareil... Elle est presque sur nous..

BRUCE : Non... Attends... Regarde... L'hélico...

< Emma élargit le champ et on peut soudain voir la silhouette de l'hélico pris dans de violentes turbulences dans l'angle droit de l'écran. >

WAYNE : Merde... Merde... »

—

Et tout s'enchaîne soudain comme dans un cauchemar.

Sarah McKinley se retrouve violemment plaquée contre la paroi et son cri de douleur arrive à se faire entendre malgré le vacarme des pales de l'appareil.

Les trois skieurs se mettent à leur tour à hurler de peur et d'horreur, et la silhouette de Sarah s'écrase de nouveau contre le mur de pierre. Prise cette fois-ci entre paroi et civière.

Il y a un long moment de silence pendant lequel les trois jeunes semblent réaliser que la silhouette ne bouge plus comme avant. Que quelque chose ne va vraiment pas...

Et alors que l'hélico décroche brusquement et s'éloigne de la falaise, la main de Wayne apparaît dans le champ de vision de la caméra et l'écran redevient noir.

Pour de bon.

23.

DIMANCHE 17 NOVEMBRE

ST PAUL'S HOSPITAL
1081 BURRARD STREET
11:12

Je pousse la porte du service de neurologie et la première chose que j'entends est un rire d'enfant. Une de ces cascades de sons suraigus à laquelle il est absolument impossible de résister.

Je traverse le hall d'entrée, un sourire sur le visage, et quand j'arrive enfin devant la zone des nouvelles admissions, je suis loin d'être déçue.

Agenouillée sur le carrelage en plastique de la salle d'attente, une infirmière d'une cinquantaine d'années est en train de mettre une touche finale à une version improvisée de marelle qui mérite tous les efforts qu'elle a visiblement investis dedans.

La forme en croix est délimitée par des morceaux de sparadrap blanc qui ressortent parfaitement bien sur les dalles gris foncé de la pièce ; les chiffres qu'elle est en train d'écrire avec un morceau de craie orange ont chacun un petit détail amusant – un serpent enroulé autour du 1, une tortue cachée derrière le 2, etc. – qui font mourir de rire Tess McKinley. Plantée bien droite au pied de la croix. Prête à s'élancer au premier signal.

Je reste un long moment à regarder la scène sans rien dire, d'assez loin pour ne pas la perturber, et je m'imprègne bien de toutes les choses positives qu'elle représente. Puis je m'en vais affronter dans l'une des pièces adjacentes l'un des moments les plus difficiles de cette enquête.

J'entre dans la chambre de Sarah McKinley et je m'avance vers elle et son mari, assis à son chevet, en prenant mon air le plus FBI possible. Démarche posée. Visage impassible. Déterminée à assumer cette fonction avec un maximum de détachement.

Je me plante juste en bas du lit, mains jointes devant le tailleur gris anthracite que j'ai choisi d'enfiler ce matin pour l'occasion, et je me lance enfin.

– Je vous dérange ?

Peter McKinley regarde son épouse qui lui donne le feu vert en secouant imperceptiblement la tête.

« Non. »

– Non. C'est bon.

Je remarque qu'à part la taille de la chambre – beaucoup plus spacieuse et plus lumineuse que la précédente –, absolument rien d'autre n'a changé dans la vie de Sarah McKinley depuis la dernière fois que je l'ai vue. Elle est toujours reliée à autant de machines.

L'oxymètre est toujours enveloppé autour de son index droit. Le tube du cathéter est toujours là. La forme du corset est toujours visible sous les draps. Et elle a manifestement toujours le plus grand mal à articuler le moindre mot.

Je change légèrement de position pour bien lui faire face et je me lance directement dans le vif du sujet.

– Comme je vous l'ai dit tout à l'heure au téléphone, nous avons découvert plusieurs nouveaux éléments sur l'accident dont vous avez été victime. Nous n'avons pas encore rédigé de rapport officiel, définitif, mais je voulais vous tenir au courant, personnellement, au cas où les médias aient vent de quoi que ce soit et rendent publics certains détails de cette affaire… Parce que je ne voulais pas que vous appreniez ce qui s'est vraiment passé comme cela… En regardant un soir les infos…

Elle me fixe avec une intensité qui ne fait qu'amplifier mon malaise et son mari me pose la question qu'elle est incapable de formuler verbalement.

– Que voulez-vous dire par ce qui s'est *vraiment* passé ?

Je ne sais pas par quel bout commencer.

Le fait que la patrouille dont elle faisait partie risque d'être accusée de négligence, de non-assistance à personnes en danger… Le fait que les personnes qu'elle essayait de « sauver » ne voulaient pas l'être… Ou le fait que le moment où elle a perdu l'usage de ses jambes a été filmé dans ses moindres détails…

Et devant l'absurdité d'un tel choix, je décide d'adopter une approche linéaire, chronologique.

– Au cours des trois derniers jours, nous avons découvert plusieurs choses en parallèle avec les enquêteurs de l'Armée de l'air canadienne. Pour autant que les résultats préliminaires de leur enquête permettent de l'établir à ce stade, l'accident dont vous avez été victime a été causé par, et je cite, « une combinaison de conditions météo extrêmes et imprévisibles ». Ils n'ont décelé aucun problème mécanique avec l'appareil et aucune faute de l'équipage à bord ce jour-là. De notre côté, nous avons découvert plusieurs choses en ce qui concerne les trois jeunes skieurs que vous essayiez d'atteindre…

Elle fronce les sourcils.

Confuse.

Et je me force à aller droit au but.

– Écoutez. Ce que j'ai à vous dire n'est pas facile et j'aurais préféré que les choses soient différentes, que vous n'ayez pas été blessée dans ces conditions-là…

Je respire un bon coup et je me lance enfin.

– Les trois jeunes que vous essayiez d'atteindre n'ont pas juste été « victimes » d'une avalanche. Ils ont tout fait pour la provoquer. Ils sont allés volontairement sur le Killer, alors que le risque d'avalanche y était à son maximum. Ils n'y sont jamais arrivés par accident…

Elle se met à écrire sur le bloc de papier posé sous sa main gauche.

Pourquoi ?

— On n'en est pas encore complètement sûrs... Mais on pense qu'ils voulaient essayer de descendre le Killer dans les conditions les plus extrêmes qui soient. Par goût du danger... Pour défier la Mort blanche, comme ils disent...

Dans l'angle de mon champ de vision, je vois Peter McKinley se prendre la tête entre les mains.

— Malheureusement, ce n'est pas tout...

J'ai de plus en plus de mal à continuer.

— Ils ont tiré la fusée de détresse *avant* que l'avalanche n'ait lieu, avant qu'ils ne se mettent à descendre le Killer... Ils ne l'ont pas tirée pour demander de l'aide... Ils l'ont tirée pour augmenter le côté spectaculaire de leur descente, et peut-être aussi en pensant que cela augmenterait le risque d'avalanche...

Elle me regarde droit dans les yeux, et pour la première fois, je vois de la colère s'ajouter à l'incompréhension qu'il y avait déjà sur son visage.

— Après cela, les deux garçons ont descendu le Killer et déclenché une avalanche sur leur passage. Le plus jeune des deux, Bruce Anderson, s'est fait emporter par la coulée mais a été secouru juste à temps par ses deux amis. Quand vous les avez repérés tous les trois en bas de la paroi rocheuse, ils étaient en train de redescendre vers la vallée et à part un début d'hypothermie, aucun d'entre eux n'était sérieusement blessé... Ils ont levé les bras en l'air pour vous dire que tout allait bien, pas pour vous demander de l'aide… Ils ne connaissaient pas les bons signaux… Et en toute vraisemblance, ils auraient pu rejoindre le village de Whistler seuls, sans le moindre problème, dans les heures qui ont suivi…

Elle ferme les yeux et une larme se met à couler sur sa joue.

Je bascule nerveusement le poids de mon corps d'un pied sur l'autre. Incapable de continuer.

Je regarde Peter McKinley, lui aussi au bord des larmes, et je me demande si dans la salle d'attente leur fille est maintenant en train de sauter de case en case sur sa marelle improvisée. À des années-lumière du drame qui est en train de se jouer à quelques mètres à peine d'elle… Je me demande si Wayne Chadwick, Bruce Anderson et Emma Crawford auront jamais conscience de l'impact que leurs décisions auront eu sur la vie de ces trois personnes… Si Tess McKinley aura jamais le moindre souvenir de sa mère en train de marcher…

Et devant un tel gâchis, une telle injustice, je sens à mon tour des larmes me monter aux yeux.

Je me racle vite la gorge et j'enchaîne brusquement. Parce que je sais que chaque seconde qui passe rend ce qu'il me reste à leur dire encore plus difficile à articuler.

– Sarah…

Elle ouvre les yeux.

– Il y a autre chose…

Je me passe la main dans les cheveux.

– Quand les trois jeunes skieurs étaient sur le Killer, ils avaient une caméra vidéo avec eux. Et ils ont filmé tout ce qui s'est passé.

Il y a brusquement de la panique dans son regard, une réaction de rejet violente sur son visage.

– Vous n'êtes pas sérieuse ?

La voix de Peter McKinley s'ajoute à cette scène de cauchemar.

– Si… Je suis vraiment désolée…

– Vous voulez dire qu'ils ont filmé le moment où Sarah a été blessée ? C'est ça ? Qu'il existe une bande vidéo de l'accident ?

– Oui.

– Et vous l'avez regardée ?

Je baisse les yeux en guise de réponse.

– Je n'en reviens pas !

Peter McKinley est maintenant fou de rage.

– Ils ont volontairement mis leurs vies et celle de quatre autres personnes en danger et ils ont pris le temps de se filmer en train de le faire ?!

– Oui.

– Et ils sont où maintenant ? En taule ?

– C'est malheureusement plus compliqué que ça…

– Plus compliqué que quoi ? Vous avez bien la bande vidéo en question ?

– Oui.

– Et ?

– L'avocat des trois jeunes skieurs a réussi à les rapatrier à Seattle avant qu'on n'ait pu rassembler quoi que ce soit contre eux, avant qu'on ne découvre l'existence de la bande vidéo en question. Ce qui ne veut pas dire pour autant qu'ils ne risquent aucune poursuite judiciaire. Juste que les choses risquent de prendre beaucoup plus de temps qu'elles n'auraient pu…

Je décide de ne pas mentionner la plainte déjà déposée contre le SAR de Whistler.

– Nous avons l'intention de préparer un dossier absolument sans faille sur cette affaire et je peux vous garantir que c'est une priorité, et pour moi, et pour le reste de mon équipe. Après cela, il faudra probablement lancer une procédure d'extradition pour que les trois jeunes puissent être jugés sur le sol canadien. En toute vraisemblance, l'affaire devrait finir au tribunal dans les mois qui viennent. Ce sera bien sûr à un jury de décider de leur degré de responsabilité et d'éventuelles peines de prison ou amendes…

– Sarah va devoir témoigner ?

– Oui.

Je baisse les yeux en voyant Sarah écrire quelque chose sur le bloc de papier posé sous sa main gauche.

Vidéo ?

La question que je redoutais par-dessus tout.

– Vous voulez savoir si elle va être montrée pendant le procès ? C'est bien ça ?

Elle hoche la tête.

– Oui. Je suis désolée.

Et en voyant la détresse qu'il y a dans son regard à ce moment précis, je me jure de faire tout ce qui est en mon pouvoir pour que le verdict de l'affaire McKinley ne finisse pas sur la liste des trophées de maître Maier.

Même si je sais déjà que le prix à payer pour cela sera élevé. Et pour elle, et pour moi.

Je voudrais remercier ma famille et mes amis pour leur amour, leurs encouragements et tout ce qu'ils représentent pour moi.

En France : mes parents ; mon frère, son amie et leur fille, Chloé.

En Irlande du Nord : Kathy et ses trois filles, Danielle, Andrea et Cathy.

Quelque part sur la planète : Anne et Laura.

L'équipe éditoriale de Milan Poche pour son travail, son soutien et son enthousiasme – ainsi que toutes les personnes qui ont contribué à la réalisation et la diffusion de cette série.

Enfin, le groupe Radiohead et la ville de Vancouver pour être deux sources d'inspiration absolument inépuisables ! Sans eux, l'univers de CSU ne serait pas ce qu'il est.

carolineterree@yahoo.com

DANS LA MÊME SÉRIE

MILAN

 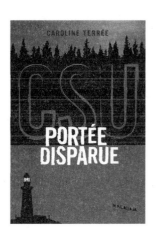

Sur le parking d'une forêt de Vancouver, la voiture d'une jeune femme est retrouvée abandonnée.
C'est celle de Rachel Cross, 24 ans, étudiante… et fille unique d'un sénateur américain multimillionnaire.
Fugue ? Enlèvement ? Assassinat ?
Pour Kate Kovacs et son équipe du CSU, tout est possible.
Et le temps est compté…

Incendie criminel. Une évidence devant les restes calcinés de l'église de la petite ville de Squamish, non loin de Vancouver. Une piste s'impose : la secte du Phénix, installée dans les montagnes qui surplombent la ville.

Affaire délicate pour le CSU. Très vite, Kate Kovacs et son équipe se retrouvent au cœur d'un terrible engrenage de haine, de violence et de drames humains…

OD : mort d'un officier de police.

L'un des pires codes qui soient…

Pour Kate et son équipe, l'enquête se révèle peut-être plus délicate que les autres. D'autant que la fusillade a fait plusieurs victimes, dont un membre de la Triade du Dragon Rouge, la mafia locale.

Chinatown, règlements de comptes, racket… Un mélange explosif entre les mains du CSU.

Les personnages et les événements relatés dans cette série sont purement fictifs.
Toute ressemblance avec des personnes ou des faits existants ou ayant existé
ne saurait être que fortuite.

Achevé d'imprimer en France par France-Quercy, à Cahors
Dépôt légal : 2ᵉ trimestre 2005
N° d'impression : 50710C/